本色文丛·柳鸣九　主编

花 之 语

——肖复兴散文随笔精选

肖复兴／著

海天出版社（中国·深圳）

图书在版编目（CIP）数据

花之语：肖复兴散文随笔精选/肖复兴著；柳鸣九主编.
—深圳：海天出版社，2014.8
（本色文丛）
ISBN 978-7-5507-1061-0

Ⅰ.①花… Ⅱ.①肖… ②柳… Ⅲ.①散文集－中国－当代
Ⅳ.①I267

中国版本图书馆CIP数据核字（2014）第079429号

花之语
HUAZHIYU

深圳出版发行集团
海天出版社

出品人	陈新亮
责任编辑	陈　嫣　林星海
责任技编	蔡梅琴
装帧设计	深圳斯迈德设计 Smart 0755-83144228

出版发行	海天出版社
地　　址	深圳市彩田南路海天大厦（518033）
网　　址	www.htph.com.cn
订购电话	0755-83460293（批发）0755-83460397（邮购）
印　　刷	深圳市华信图文印务有限公司
开　　本	787mm×1092mm　1/32
印　　张	9.75
字　　数	150千
版　　次	2014年8月第1版
印　　次	2014年8月第1次
定　　价	30.00元

　　肖复兴，1947年生，毕业于中央戏剧学院。曾到北大荒插队6年，当过大中小学的教师10年。曾任《小说选刊》副总编、《人民文学》杂志社副主编、北京写作学会会长。

　　已出版长篇小说、中短篇小说集、报告文学集、散文随笔集和理论集百余部。曾获全国、北京及上海文学奖、冰心散文奖、老舍散文奖多种。近著有《肖复兴散文100篇》、《肖复兴音乐文集》三卷、《我的读书笔记》、《我的人生笔记》、《绝唱老三届》、《北大荒三百首》等。

总序一

深圳市海天出版社似乎颇有点"散文随笔情结"，前几年，他们请季羡林先生主编了一套"当代中国散文八大家"丛书，效果甚好。于是，他们再接再厉，又策划出新的书系"世界散文八大家"。可惜此时季老先生已经仙逝，他们只好退而求其次，请柳某出面张罗。此"世界散文八大家"，召集实不易，漂洋过海，总算陆续抵岸。接着，海天出版社又策划了一套新的文丛，以现今健在的著名文化人的散文随笔为内容。大概是因为柳某与海天出版社有过愉快的合作，自己也常写点散文随笔，又身居"人杰地灵"的北京，便于"以文会友"，于是，他们又要柳某出面张罗。这便是这套书系产生的来由。

什么是散文随笔？前几年，一位被尊为大师的权威人士曾斩钉截铁地谓之为"写身边琐事"。我曾努力去领悟其要义，但就自己有限的文化见识，总觉得这个定义似乎不大靠谱。就"身边"而言，散文随笔的确多写与自己有关的人或事，但远离自己的人与事入文而成经典散文者实不胜枚举；就"琐事"而言，散文随笔写人写事的确讲究具体而入微，见微知著，以小见大。但以经国大业、社稷宏观、高妙艺文、深奥

· 1 ·

哲理为内容的名篇也常见于史册。不难看出，对于散文随笔而言，"题材不是问题"，任何事物皆可入散文，凡心智所能触及的范围与对象，无一不可成就散文也。故此，窃以为个人心智倒是散文的核心成分。

那么，究竟何谓散文呢？散文的基本要素究竟是什么呢？如果用定义式的语言来说，散文就是自我心智以比较坦直的方式呈现于一定文学形式中，而自我心智者，或为较隽永深刻的自我知性，或为较深切真挚的自我感情。说白了，如果是思想见解，当非人云亦云，而多少要有点独特性，多少要有点嚼头与回味；如果是情感心绪，那就必须是真实的、自然的、本色的、率性的，而要少一些矫饰，少一些虚假，少一些夸张。是的，尽可能少一些，如果不能完全杜绝的话。诗歌中常有的那种提升的、强化的、扩大的感情似乎不宜入散文，还是让它得其所哉，待在诗歌里吧。

至于"一定的语言文学形式"，不外意味着两点，一是非韵文的，这是散文有别于诗歌的最明显的标志；二是要有一定的修饰技巧，一定的艺术化，这则是散文随笔不同于公文告示、法律条文、科普说明以及各种"大白话"的重要标志。

这便是我所理解的散文随笔。我在自己的学术专业之外也经常写一些散文随笔，就是按照自己以上的理解来"炮制"的。今天，我被委以主编重任，也是按照自己以上的理解来操作的，至于我在自己的散文随笔中是否完全实践了自己的理念，是否达到自己的理念，在这次主编工作中是否有不合理、不入情的要求与安排，那就很难说了。呜呼，知与行的脱节与矛盾，人的永恒悲剧也。

出版社在策划这个书系的时候，规定约稿对象为当今的文化名家。当今的文化名家种类何其多也：有在荧屏上煽情与讲道的主持人，有靠摆pose与哭功而大富特富的影视大腕，有靠搞笑与搞怪出位的演艺奇才……人人都在写散文随笔，这大有成为当今散文随笔的主旋律之势。但按我个人的理解，这里所讲的文化名家不外是两种人，即具有作家文笔的著名学者与具有学者底蕴的著名作家，这两者的所长正是我对何为散文理解中所谓的"心智"这一大成分。

由于我自己的圈子所限，第一辑的约稿对象全是上述的第一种人，即具有作家文笔的著名学者，而且基本上都是弄西学的学者或游学国外多年的学者，多散发出一点"洋味"的人。

学者写散文似乎有点"不务正业"，有点越界，侵入了文学家地盘。但对于学者来说，特别是对人文学者来说，却完全是性之所致，是一种必然。他本来就有人文关怀、人文视角、人文感情，这种心智状态、心智功能，一触及世间万物，就莫不碰撞出火花。只要有一点舞文弄墨的兴趣、冲动与技能，自然而然就会产生出有点意思的散文随笔了。虽说舞文弄墨也是一种专门技能，需要培养与操练，但对于弄西学的人文学者来说，整天在世界文库里打滚，耳濡目染，这点技能是可以无师自通的。况且，人文学者于散文创作更有自己的优势，毕竟，他的知性是向全人类精神文化领域敞开的，他的目光是向全世界各种事物投射的。其散文随笔的题材，自是更为丰富多样，投射观察的目光自是更为开阔高远。而得益于世界各种精神文化的滋养，其可调配的颜色自是更为丰富多彩：说不定，也许我们这个时代有意思的散文随笔正是出自学者笔下呢，学者散文实不容当代文学史家忽视也……

所以，我有理由相信，这一套"本色文丛"多多少少会给文化读者带来一点不一样的感觉。

柳鸣九

2012年5月于北京

总序二

　　"本色文丛"的缘起，我已经在前序中做了说明。只不过，在受托张罗此事的当时，我只把它当作一笔"一次性的小额订单"：仅此一辑，八种书而已，并无任何后续的念头与扩展膨胀的规划。于是，就近在本学界里找了几位对散文随笔写作颇感兴趣、颇有积累的友人，组成了文丛第一辑共八种。出版后不久，我正沉浸在终结了一项劳务后的愉悦感之际，海天社出我意料之外地又提出了新的要求：要柳某把"本色文丛"继续搞下去，而且不排除"做到一定规模"的可能……看来，我最初的感觉没有错：海天社确有散文情结，不是系于一般散文的"情结"，而是系于"文化散文"的情结。而且，也不仅仅于此一点点"情结"，而是一种意愿，一种志趣，一种谋划，一种努力的方向，一种执着的决断。

　　果然，最近我从海天社那里得到确认，他们要在深圳这块物质财富生产的宝地上，营造出更多的郁郁葱葱的人文绿意，这是海天社近年来特别致力的目标。

　　在物欲横流、急功近利、浮躁成性、人文精神滑落、正能量价值观有时也不免被侧目而视的社会环境中，在低俗文化、恶俗文化、恶搞文化、各种色调的（纯白的、大红色的、金黄色的）作秀文化大行于道、满天飞舞的时尚中，在书店一片倒闭声中，有一家出版社以人文文化积累为目的，颇愿下大力气，从推出"世界散文八大家"丛书再进而打造一套"本色文丛"，这种见识、这份执着、这份勇气是格外令人瞩目的。

海天出版社要的文化散文，不言而喻，即文化人的精神文化产品。关于文化人，我在前序中有过这样的理解：主要是指有作家文笔的学者与有学者底蕴的作家。如果说"本色文丛"第一辑的作者，基本上是前一种人，第二辑则基本上都是第二种人。这样，"本色文丛"总算齐备了文化散文的两种基本的作者类型，有了自己的两个主要的基石，形成了一个初步的平台。

不论这两种类别的人有哪些差别，但都是以关注社会的人文状况与人文课题为业。其不同于以经济民生、科技工艺、权谋为政、运营操作为业者，也不同于穿着文化彩色衣装而在时尚娱乐潮流中的弄潮者，也可以说，这两种人甚至是以关注人文状况与人文课题为生，以靠充当"精神苦役"（巴尔扎克语）出卖气力为生，即俗称的"爬格子者"。他们远离社会权位和财富利益的持有与分配，其存在状态中也较少地掺和着权谋与物质利益的杂质，因而其对社会、人生、人文，对自我、对人生价值也就可能有更为广泛，更为深刻，更为真挚的认知、感受与思考。

在时下这个物质功利主义张扬、人文精神滑落的时代环境中，且提供一些真实的，不掺杂土与沙子的人文感受、人文思考，为我们这个时代留下一份份真情实感的记录，留下一段段心灵原本感受的再现，留下一幅幅人文人生的掠影，这便是"本色文丛"所希望做到的。

柳鸣九

2014年1月于北京

上辑

花之语

上
辑

甪直春行

一

　　1977年的5月，叶圣陶先生有过一次难忘的故乡之行。在这一年5月16日的日记里，他这样写道："宝带桥、黄天荡、金鸡湖、吴淞江，旧时惯经之水程，仿佛记之。蟹簖渔舍，亦依然如昔。驶行不足三小时而抵甪直。"

　　那是一艘小汽轮，早晨8点从苏州出发。

　　今年的开春4月，我也是清早8点从苏州出发，也是沿旧路而行，不到一个小时就直抵甪直了。我很奇怪，那一次先生是55年的重返故地，55年了，那里居然"依然如昔"，难以想象。如今，先生所说的"惯经之水程"没有了，"蟹簖渔舍"也没有了，代之而起的是宽敞的高速公路。宝带桥和黄天荡，看不到了，金鸡湖还在，沿湖高楼林立，已成为了和新加坡合作开发的新园区。江南水乡，变得越来越国际大都市化，在这个季节里本应该看到的大片大片平铺天际的油菜花，被公路和楼舍切割成了一小块一小块，如同蜡染的娇小的方头巾了。

先生病危在床的时候，还惦记着这里，听说通汽车了，说等病好了自己要再回甪直看看呢。不知如果真的回来看看，看到这样大的变化，会有何等感想。

这是我第一次到甪直。来苏州很多次了，往来于苏州上海的次数也不少了，每次在高速路上看到甪直的路牌，心里都会悄悄一动，忍不住想起先生。我总是把那里当做先生的家乡的，尽管先生在苏州和北京都有故居，但我总是先入为主地认为那里才是他的故居。先生是吴县人，甪直归吴县管辖，更何况年轻的时候，先生和夫人在甪直教过书，一直都是将甪直当做自己的家乡的。

照理说，先生长我两辈，位高德尊，离我遥远得很，但有时候却又觉得亲近得很，犹如街坊和蔼可亲的老爷爷。其实，只源于1963年，我读初三的时候写过一篇作文，参加了北京市少年儿童作文比赛而获奖，先生亲自为我的作文进行了逐字逐句的批改和点评。那一年的暑假，又特意请我到他家做客，给予我很多的鼓励。我便和先生有了忘年之交，一直延续到"文革"之中，一直到先生的暮年。记得那时我在北大荒插队，每次回来，先生总要请我到他家吃一顿饭，还把我当成大人一样，让我喝一点儿先生爱喝的黄酒。

先生去世之后，我写过一篇文章《那片绿绿的爬山虎》，记录初三那年暑假我第一次到先生家做客的情景。可以说，没有先生亲自批改的那篇作文，没有充满鼓励的那次谈话，也许，我不会成为一个以笔墨为生的人。少年时候的小船，有人为你轻轻一划，日后的路会有意想不到的变化。后来，这篇文章被收入小学语文课本。无疑，强化了这样变化的意义，渲染了少年的心。

能够去甪直看看先生留在那里的踪迹和影子，便成为了我一直的心愿。阴差阳错，好饭不怕晚似的，竟然一推再推，迟到了今日。密如蛛网的泽国水路，变成了通衢大道，甪直变成了门票一张50元的旅游景点。

二

和周围同里、黎里这样的江南古镇相比，甪直没有什么区别，可以说是大同小异。一条穿镇而过的小河，河上面拱形的石桥，两岸带廊檐的老屋……如果删除掉老屋前明晃晃的商家招牌和旗幌，以及不伦不类的假花装饰的秋千，也许，和原来的甪直没有什么两样，甚至和1917年先生第一次到甪直时的样子一样呢。

叶至善先生在他写的先生的传记《父亲长长的一生》中，提到先生最主要的小说《倪焕之》时，曾经写道："小说开头一章，小船在吴淞江上逆风晚航，却极像我父亲头一次到甪直的情景。"尽管《倪焕之》不是先生的自传，但那里的人物有太多先生的影子，和甪直的影子，小说里面所描写的保圣寺和老银杏树，更是实实在在甪直的景物。

1917年，先生22岁，年轻得如同小鸟向往新天地，更何况正是包括教育在内一切变革的时代动荡之交。先生接受了在甪直教书的同学宾若和伯祥的邀请，来到了这里的第五高等小学里当老师。人生的结局会有不同的方式，但年轻时候的姿态甚至走路的样子，都是极其相似的。或许，可以说这是属于青春时的一种理想和激情吧。否则，很难理解，在"文革"中，先生的孙女小沫要去北大荒，母亲舍不得，最后出面做通她的思想工作的是先生本人。先生说：年轻人就想过一种全新的生活，就让小沫自己去闯一闯，如果我年轻50岁，也会去报名呢。或者，这就是当年先生甪直青春版的一种昔日重现吧。

穿过窄窄的如同笔管一样的小巷，进入古色古香的保圣寺，忽然豁然开朗，保圣寺旁边是轩豁的园林，前面是唐代诗人陆龟蒙的墓和他的斗鸭池、清风亭，后面便是当年五高小学的地盘了。女子部的教室小楼，作为阅览室的四面亭，和生生农场，都还健在。特别是先生曾经多次描写过的那三株参天的千年老银杏树，依然枝叶参天。有了这些旧物，就像有了岁月的证人证言一般，逝者便不再如斯，而有了清晰的可触可摸的温度和厚度。

生生，即学生和先生的意思。原来这里是一片瓦砾堆和坟场，杂草丛生，是学生和先生共同把它建成了农场。当年这一行动，曾在甪直古镇引起轩然大波，这在先生的小说《倪焕之》中有过生动的描述。那时候，先生注重教学的改革，注重学生的实践活动。其实，农场很小，远不如鲁迅故居里的百草园，说是农场，不过是一小块田地，现在还种着各种农作物，古镇里的隐士一般，只问耕耘不问收获似的，杂乱而随意地长着。

教室楼和四面亭的门都锁着，透过窗户可以看到前者里面的课桌课椅，当年先生的妻子胡墨林就在这里当教员，还兼着预备班的主任；后者当年是学校的小小博物馆，展览着他们的展品，现在陈列有先生临终的面模，隔着玻璃窗可以看到。四面亭的前面，是后建的一排房，作为叶圣陶先生的纪念馆，陈列的实物不多，是一些图片文字的展板，介绍着先生的一生。空荡荡的，中间立有先生的一尊胸像，脖子上系着一条鲜艳的红领巾。

五高小学应该是当时中国教育改革的先驱学校了。在这个小小的学校里，先生和他一样年轻的朋友一起，不仅建立了农场，还办了商店，盖了戏台，开了小型的博物馆，并亲自为孩子们编写课本，不用文言文，改用新的语体文教授……这一系列的变革，现在看来都很简单，在近一个世纪以前的岁月里，却要付出心血和勇气，和沉重的社会和几乎与世隔绝几乎呆滞的古镇，是要做抗争的。看到它，我想起了春晖中学，那是叶至善先生岳父夏丏尊先生创办的学校，年头比五高要晚一些。五四时期，中国文人身体力行参与教育的变革实践，可以说是空前绝后了，和我们如今的坐而论道，指手画脚，或事不关己高高挂起的无力感的形象大相径庭。

先生在五高教书九个学期，一共四年半的时间。应该说，时间不算长。但这是青春期间的四年半，青春季节的时间长短概念和日后不能用同样数学公式来计算的。它在人的一生中的作用常常会被放大或延长。更何况，在这四年半中，先生的父亲故去，五四运动爆发，文学研究会成立，这样几桩大事发生的时候，先生都在角直，却一样心事浩茫连天宇，便让这个青春之地，不仅仅属于偏远的古镇，也染上了异样的时代光影与色彩。五四爆发之后的第三天晚上，先生才从上海的报纸上得知消息，他和朋友们在报刊上发表宣言，在学校前的小广场前举行了救国演讲，表示对遥远北京的支持和呼应。文学研究会成立之后，先生在角直写下了小说《这也是一个人》投寄北京，在《新潮》杂志上发表，获得鲁迅先生的称赞。父亲去世的那一年里，先生蓄须留发，很长都不剪，遵循当地的习俗，表达对父亲的怀念。

事后先生曾经在文章里说过："当了几年教师，只感到这一途的滋味是淡的，有时甚至是苦的；但到了角直以后，乃恍然有悟，原来这里也有甜甜的味道。"在我看来，这其实就是青春的味道。这种味道独属于青春，更何况这样的青春中，融有了从自己家事到学校的变革一直到时代的风云变幻，味道自然就更加异常。难怪以后无论走到哪里，先生都会说角直是我的第二故乡，都会在自己的履历表上填写自己是小学教师。

三

先生的墓地在四面亭和生生农场的一侧，墓道前有一座小亭，叫未厌厅，显然是后盖的，取自先生的一本文集的名

叶圣陶先生墓碑

字。墓前有几级矮矮的台阶，有一围矮矮的大理石栏杆，没有雕像，也没有墓志铭之类的文字说明，长长的墓碑如一面背景墙，上面只有赵朴初先生题写的"叶圣陶先生墓"几个大字。

这里原来是五高的男生部楼，后来变成了校办厂。自1977年的5月那一次难忘的故乡之行后，先生再没有能够重返故乡。尽管那一次先生写下了这样的诗句："斗鸭池看残迹在，眠牛迳忆并肩行；再见再见沸盈耳，无限殷勤送别情。"但是，先生无法再见故乡和乡亲这一番深情厚谊了。

先生弥留之际，口中断断续续吐露出的话，是生生农场、银杏树、保圣寺、斗鸭池、清风亭……他把自己埋在了自己的青春之地。他把自己对故乡的这一番深情厚谊，深深地埋在了这里。

我走到墓前向他鞠躬，看见一旁是甪直的叶圣陶小学送的花圈，鲜花还很鲜艳。清明节刚过不久。另一旁是老银杏树，正吐出新叶，绿绿的，明亮如眼，好像先生就站在旁边。那一年，先生重回到这里的时候，手里攥着一片从树上落下的银杏叶，久久舍不得放下。

2011年4月20日甪直归来

白马湖之春

出浙江上虞十里，山清水秀的白马湖扑面而来，风也似乎清爽湿润多了。正是早春二月，想起朱自清先生在《白马湖》一文中曾经说过的："白马湖的春日自然最好。山是要青得要滴下来，水是满满的、软软的。小马路的两边，一株间一株地种着小桃与杨桃。小桃上各缀着几朵重瓣的红花，像夜空的疏星……"心里不住地想，此次来白马湖的时间真是选对了。

白马湖，想念它多年了。

如同任何一场大革命退潮之后一样，拔剑四顾的茫然，都会让为之献身的人们无所适从。轰轰烈烈的五四运动落潮了，迎来的失望和落败的景象，让一群有理想有追求的文人心中充满迷惘，他们不想在城市里醉生梦死浑浑噩噩，跑到了无论离杭州还是离宁波都偏远的上虞，寻找到白马湖这样一块世外桃源，去做点他们想做的又能够做的事情，给曾经在革命大潮中急剧澎湃的心找一块绿洲。想起他们，总会不由自主地想起柔石在小说《二月》里写到的萧涧秋，那样的五四热血青年，现在的人们早就嘲笑为"愤青"了。

真是想象不出了，1922年的春天是什么样子了。为什么经亨颐先生在白马湖畔一招呼，那么多的文人，现在听起来名声那样显赫的文人，一下子就抛弃了都市的奢靡与繁华，都来到了荒郊野外的这里办起了这所春晖中学？当时号称"白马湖四友"，除了夏丏尊年长一点，1922年是36岁了，朱光潜只有25岁，而朱自清和丰子恺才有24岁。现在，真的是难以想象了。那毕竟不是暂短的观光旅游。

走出校园的后门，过了树阴蒙蒙的小石桥，终于走到了经亨颐先生和夏丏尊等诸位前辈曾经走过的白马湖畔了。二月春光乍泄，阳光格外灿烂，真的如朱自清先生所说的那样："山是要青得要滴下来，水是满满的、软软的。"一种说不出的感觉，从遥远的历史中涌出，蔓延在白马湖中，荡漾起波光潋滟的涟漪，晃着我的眼睛。

经亨颐的"长松山房"、何香凝的"蓼花居"、弘一法师的"晚晴山房"、丰子恺的"小杨柳屋"、夏丏尊的"平屋"……一一次第呈现在眼前。虽然"晚晴山房"是后来新翻建的，"蓼花居"已成废墟，但毕竟还有夏丏尊、朱自清、丰子恺的房子保持着原来的风貌。房子都是依山临湖而建，按照眼下的时尚，都是山间别墅，亲水家居，格外时髦的。但现在的房子所取的名字，能够有他们这样的雅致吗？"富贵豪庭"、"罗马花园"……那些俗气又土气得掉渣儿的名字，怎么能够和"小杨柳屋"、"平屋"相比呢？

名字不过只是符号，符号里却隐含着一代人心里不同的追求。小院里原来是种着菜蔬的，要为日常的生活服务，现在栽满花草，还有郁郁青青的橙树，越冬的橙子还挂在枝头，颜色鲜艳得如同小灯笼。屋子都很低矮，完全日式风格，因为无论经亨颐还是夏丏尊，都是留日归来，当年他们是春晖中学的创办者和主要响应者。走进这些小屋，地板已经没有了，砖石铺地，泥土的气息，将春日弥漫的温馨漫漶着。简朴的家具，能够想象出当年生活的样子。书房都是在后面的小屋里，窗外就是青山，一窗新绿鸟相呼，清风和以读书声，最美好的记忆全在那里了。

在世风跌落、万象幻灭之际，世外桃源只不过是心里潜在理想的一种转换，散发弄扁舟，从来都是猛志固常在的另一种形象。上一代文人的清高与清纯，首先表现在对理想实实在在的实践上，而不是在身陷软椅里故作的姿态之中。在谈论白马湖和春晖中学的时候，现在的人们都愿意谈论他们的文化成就，夏丏尊确实在他的"平屋"里翻译了亚米契斯的《爱的教育》、朱光潜的美学处女作《无言之美》和丰子恺的漫画处女作《人散后，一钩新月天如水》，也都完成在白马湖畔。在回顾历史时，白马湖确实成为了一种象征。其实，相比较其文化成就，上一代文人在历史转折的时候走向乡间的民粹主义和平民精神，是让现在的人更加叹为观止的。道理很简单，现在谁愿意舍弃大都市而跑到这样的乡村里来呢？跑到藏北的马骅，只是一个另类。而当初却是一批真正的文化精英，他们愿意从最基础做起，而不是舌灿如莲，夸夸其谈于走马灯似的各种会议和酒宴之中。

他们确实是在实实在在做事，夏丏尊建造"平屋"时的一个"平"字，就是寓有平民、平凡、平淡之意。仅朱自清一人每天上午下午就各有两个小时的课要上，而丰子恺一人却又要教美术又要教音乐，真是拳打脚踢。现在，在我们的教室里，却难得见到我们的教授一面了，我们的教授正在忙着让自己的学生帮助自己撰稿出书卖文赚钱了。

走进夏丏尊的"平屋"，这种感觉更深。这是他用卖掉祖宅的钱在这里盖起的房子，他要把根扎在这里，他的妻子一直住在这里，一直到20世纪80年代在这"平屋"里去世。在他的那间窄小的书房里，暗暗的屋子，低矮得有些压抑，只有窗户里透过山的绿色和风的呼吸，平衡了眼前的一切。

想象着当年的冬夜里，松涛如吼，霜月当窗，夏先生在这里拨拉着炉灰，让屋子稍微暖和一些，自己把头上的罗宋帽拉得低低的，在一灯如豆的洋灯下艰苦工作到夜深的样子，直觉得恍如隔世。

夏先生的一个孙侄正在院子里，他已经60多岁，在看守夏先生的"平屋"。院子里夏先生亲植的那株紫薇还在，那时，夏先生常常邀请朱自清到这株紫薇花下喝酒，把酒临风，对花吟诗，他们最大的享受就是这些了，而他们最美好的寄托也就存放在这里了。

"它长得很慢。夏先生在的时候，就是这样子。"夏先生的孙侄指着紫薇对我说。

走出"平屋"小院，就是朱自清先生说的小马路，小马路前面就是白马湖。如今，小马路的两边，还是一株间一株地种着树，却不是小桃与杨桃，而是杨柳。杨柳在暖风中不住地摇曳，白马湖水在阳光下不住地闪耀。想起朱自清先生写白马湖的诗句："湖在山的趾边，山在湖的唇边。"也想起当年看到湖边系着一只空无一人的小船时候他说过的话："我听见了自己的呼吸，想起了'野渡无人舟自横'的诗，真觉物我双忘了。"也许，可以这样说，前者是他们这一代人心中常常涌起的诗意，后者是他们的追求的境界吧？只可惜，这两样，如今的我们都缺少了，而且不以为渐渐失去的弥足珍贵。

朱自清先生在回顾白马湖的时候，还曾经说过这样的一句话："我喜欢这里没有层叠的历史所造成的单纯。"这话让人沉思。倒不仅仅是单纯已经离我们越来越远，而是层叠的历史和心头层叠的灰尘污垢，越来越厚重，让我们无法清扫干净。白马湖，便在他们的生命中，而只能在我们的想象里。

2005年3月1日写于北京

春天温暖的水

　　还有两天就是惊蛰了，民间说法，病床上的老人如果熬过惊蛰，就能够复苏。叶至善先生去世了。叶先生的女儿小沫打电话告诉我这个消息的时候，我安慰她说，老人88岁了，是喜丧。叶先生的父亲叶圣陶先生活到94岁，他们都是长寿之人。

　　话虽这么说，放下电话，心里还是充满悲伤。毕竟我和叶家三代交往43年，而且，得到他们一直的关怀和帮助。1963年的暑假，我还只是一个初三的学生，第一次走进东四八条那座西府海棠掩映的小院，因一篇作文获奖而得到叶圣陶先生的亲自批改之缘，去见叶圣陶先生。那天下午，是叶至善先生站在门口，和蔼地掀开竹门帘，带我走进叶圣陶先生的客厅。想想，那时，他45岁，高高的个子，显得很年轻。日子真的是如水一样，逝者如斯，留下的只有记忆。

　　"文化大革命"中，我和小沫都去了北大荒。那年的冬天，因为得罪了生产队的头头，我被发配到猪号喂猪，成天

· 17 ·

和一群猪八戒厮混，无所事事，一口气写了10篇散文，寄给了叶至善先生。怎么那么巧，那时，他刚刚从河南"干校"回家，一时没有什么事，认真地帮我修改了每一篇单薄的习作。我们便有了整整一个冬天的信件往来，他对每篇都提出了具体的意见，有的还帮我一遍遍修改，怕我看不清楚，又特意抄写一份寄我。他在一封信里这样对我说："你的朋友之中，有没有愿意和你一样下功夫的，如果他们愿意，可以寄些文章给我看看。我一向把跟年轻作者打交道作为一种乐趣。"盼望着叶先生的来信，是那个寒冷的冬天最美好的事情了。

前年，我在《新民晚报》上发表了记述这段往事的文章《那个多雪的冬天》。叶先生看到了，夸奖我说写得不错，邀请我到他家做客。我这人一直以为敬重别人，就悄悄地记在自己的心里，喜欢读别人的作品，就自己买一本他的书回家认真读，因此总怕打搅人家而懒于走动。对于叶先生，更是如此，我知道，那时他正在加紧写作回忆父亲叶圣陶的长篇回忆录，而且，身体也不大好，更不好意思叨扰。

是秋天的一个下午，我去得早了些，打扰了他的午睡，看着他从他父亲曾经睡过的床上下来，走出卧室的时候，我惊讶了一下，他满脸银须飘飘，真的是一个老人了。便才惭愧地想到已经好多年没有来看望他老人家了。

那天，我们是伏在他家的旧餐桌上交谈着。我说：就在这张桌子上，我和您全家一起吃了顿饭呢，是我插队回家探亲的时候，那时，叶圣陶先生爱喝一点酒，还特意给我倒了一杯。他说对任何人都是这样的。我又说起那年冬天他为我的习作改了一遍又抄了一遍的事情，他还是那样平静地说：好多文章都这样的，这样做有好处，抄一遍的时候又可以改一遍。

那天，他精神很好，聊了许多。他说他和父亲不一样，父亲一辈子写日记，他不写；父亲的写字台干净，他的桌子上总是一堆书和稿子。也说起他家的老朋友俞平伯先生，我问他：听说俞平伯先生爱吃，曾经吃遍了北京城所有的馆子？他告诉我：那倒也不是每个馆子都去，他来我家吃饭，喜欢的菜，他把盘子拿到自己的面前。他说俞平伯对他说：都说《红楼梦》这梦那梦，我是红楼怕梦。

对于我和小沫插队，他去"干校"，我们有了分歧，他说他不反对，他认为很好，多了和劳动人民接触的机会。他告诉我在"干校"里放牛，负责20多头，每天夜里要拉牛出来撒尿，借着星光，他认识了许多树木花草和虫子，他说我对这个感兴趣。

说起了"文革"时他家西厢房被军代表占着，我问：在您父亲的回忆录中写了这段了吗？他说没写，我说：为什么不写呢？应该写，起码是"文革"社会的一个侧面。他摇摇头：都写还有完？这也不典型。

他知道我写了本《音乐笔记》，他说他喜欢古典音乐，临告别的时候，他送了我一本《古诗词新唱》，这是一本非常有意思的书，他用了外国的曲调为中国150首古诗词配乐的歌曲集。那些外国的曲子有勃拉姆斯、舒伯特、德沃夏克、圣桑等名家之作，也有世代久传的民歌俚曲，可谓融中外于一炉的新颖尝试。这本书1998年出版，我问他这么好的尝试，怎么没有歌唱家唱这里的歌呢？他笑笑：得要出场费呢。

那天，叶先生的情绪特别好，思维也特别活跃，记忆力很强，哪里像一个86岁的老人？而他的平和恬淡，对晚辈的鼓励与亲切，都和叶圣陶先生一样，让我如沐春风。聊了一个多小时，怕他累，我提出告辞，他一再挽留，意犹未尽。他的回忆录《父亲长长的一生》刚刚校完三校。他对我说：每天500字，最多一天1000字的速度，整整写了20个月，一共写了30多万字。我看得出来，他很高兴，他说他的妻子让他等书出来多买点书送朋友，哪怕自己花钱。我知道，他的妻子已经双目失明，是小沫下岗的弟弟在照顾她，而小沫的

叶先生面模

哥哥前些年去世，所有这一切困难，叶先生从没有向领导提出来过。那天，小沫哥哥那一对可爱的双胞胎，正在院子里玩，把刚刚从树上掉下来的枣泡在水碗里。

小沫送我到大门口，悄悄地对我说：老爷子最后才开口向国管局要房，也许有人提出以后要把这院子改为叶圣陶故居，老爷子说他自己不会提，也不让我们别人提。我知道，这是叶家的家风，叶圣陶先生在世的时候，有人曾提出将叶圣陶先生在苏州住过的老屋辟为故居，叶圣陶先生曾经专门立下过字据，并委托苏州的作家陆文夫："做什么用场都可以，就是不要空关着，布置成故居。"这和现在有活人就搞故居展室或吃父辈名声之类，有霄壤之别，前辈清洁的精神与清白的心怀，总会让我面对每一位故去长辈的时候，涌起一种"夏日里最后一朵玫瑰"的感慨。

去年的春天，小沫打来电话，告我他父亲不行了，正在进行抢救。我赶往北京医院，老人躺在病床上，喉咙已被切开，人事不省，只有腿偶尔动一下。小沫告诉我，前几天就昏迷了，昏迷的时候还在断断续续地说：我喝水……喝春天的水……喝春天温暖的水。

其实，老人大年三十就住院了，住院8天之后，他的最后一部书《父亲长长的一生》的样书到了。躺在病床上，拿着新书在看，一页看了一个多小时，孩子们劝他：别看了，太累了。他说：看来还得再看看，改改。

　　过去了一年，又到了春天，叶先生离开了我们。

2006年3月9日于北京

忧郁的孙犁先生

一晃，孙犁先生已经去世5个月了。我一直想写写孙犁先生，却又不知从何写起，面对电脑，枯坐半天，总是一片空白。这让我非常痛苦，我才发现有的事情有的人真的想写却突然没有词了，那感觉就像欲哭无泪一样吧？

我常常想起孙犁先生，想起先生和我通过的那么多的信。我很想把这些信件都整理出来，为先生也给自己留一份纪念。可是，我不忍心触动那些难忘的、而且只是属于我们两人的岁月。那是一段多么难忘的岁月，在我的一生中，恐怕再也找不回那样恬静而温馨的岁月了。我表达着一个晚辈对他的景仰，他是我德高望重的前辈，却是那样的平易朴素，那么大的年纪却常常关心我的生活和写作，竟然来信说"您在各地报刊发表的短文，我能读到的，都拜读了。"而且按先生的话是"逐字逐句"认真地读，然后写来长信，提出批评，给予鼓励，文学变得那样的美好而纯净，远离尘嚣，我和先生仿佛与世隔绝一般，只谈读书，只谈往事。现在还会有那样的岁月和心境吗？

在孙犁先生活着的时候，我常常想去看望他，北京离天津并不远，况且在天津还有我的亲人和认识孙犁先生的朋友，我也经常去天津。但我还是一次次忍住了这个念头，我怕打扰一个喜欢安静的老人，说老实话，也怕和我想象中的样子出现偏差。心仪一位自己喜爱的作家，就老老实实地读他的作品吧。我知道我既不是他的学生，也不是他的研究者，也不是他的部下，而只是一个敬重他的作者和喜爱他的读者。本来离孙犁先生就很远，即便走近了，也不见得就能够看得清楚，就还是远远地保留一份想象吧。

孙犁先生去世之后，我读过了不少人写过的悼念文章，有些和我想象中的一样，有些和我想象中的不一样。我便问自己：我想象中的孙犁先生是什么样子呢？想了许久，我得出的结论是：晚年的孙犁先生是忧郁的。我不知道，我的想象是不是对。那却是我的想象。没错，孙犁先生的晚年是忧郁的。

孙犁先生的忧郁，和他衰年独处有关。他文章中不止一次流露出"故园消失，朋友凋零，还乡无日，就墓在期"的感慨，他是一个情感极其细腻的人，他沉淀了岁月，洞悉了人生，所以在琐碎生活中特别珍时惜日，所以在秋水文章中格外取心析骨。

记得他读完我的《母亲》一文，知道我小时候生母去世后父亲回老家又为我和弟弟娶回一个继母的经历，来信说："您的童年，无论如何，不能说是幸福的，使我伤感。"然后，又驰书一封特别说："关于继母，我只听说过'后娘不好当'这句老话，以及'有了后娘就有了后爹'这句不全面的话。您的生母逝世后，你父亲就'回了一趟老家'。这完全是为了您和弟弟。到了老家经过和亲友们商议，物色，才找到一个既生过儿女，年岁又大的女人，这都是为了你们。如果是一个年轻的，还能生育的女人，那情况就很可能相反了。所以，令尊当时的心情是痛苦的。"

前一封信，让我感动，我知道孙犁晚年很少再动感情，他自己在文章里说过："我老了，记忆力差，对人对事，也不愿再多用感情。"他却为我的一篇文章为我的童年而伤感。我能够触摸到他敏感而善感的心，便也就越发明白为什么在他早期的文章中充满对那么多人细致入微的感情描摹。我有一种和他的心相通的感觉，这不是什么攀附，只是普通人之间普通情感的相通。我相信他是不愿意他去世后被人称作大师的，他只是一个始终保持着普通人感情的作家，就像他始终喜欢布衣麻鞋粗茶淡饭一样。

后一封信，让我没有想到，因为在我写文章时候到文章发表之后，都没有曾经想到父亲当年那样做时内心真实的感情，而只是埋怨父亲。孙犁先生的信提醒了我，也是委婉地批评了我。真的，对于父亲，我一直都并未理解，一直都是埋怨，一直都是觉得失去母亲后自己的痛苦多于父亲。也许，只有经历过太多沧桑的孙犁先生，对于哪怕再简单的生活才会涌出深刻的感喟吧，而我毕竟涉世未深。过去常看到别人说孙犁先生善于写女人，其实，他也是那样善于理解男人。我也隐隐地感觉到晚年的孙犁和年轻时的心境已经不大一样，便总觉得有一种忧郁的云翳拂过他的眼神，善意地注视着我们，伤感地回顾着往昔。

我不大清楚孙犁先生到底是如何看待自己晚年的文章的。我只知道在和我通信中，他特别提到过他的这样两篇文章，一篇是1989年写的《记邹明》，一篇是1994年写的《读画论记》。在他晚年的著述里，这两篇文章都算比较长的了。我是觉得他自己格外看重这两篇文章的。《读画论记》，他不计利钝，不为趋避，知人论世，裁画叙心，深刻道出对文坛的悲哀。在这篇文章中，他说："没有大智大勇，很难逃出这个圈子。"

我想起先生在给我的信中不止一次地流露出这种情绪：

"贪图名利于一时，这是很容易的。但遗憾终生，得不偿失，我很为一些聪明人，感到太不值。"在信里，他对文坛许多现象给予了批评，比如对那些冒充学问的所谓注水书籍的一再批评："这不能说明他有学问，是说明当前的'读者'都是'书盲'，能被这些人唬住，太可怜了。"面对这些现象，最后他只有在信中感慨地说："据我的经验，目前好像没有人听正经话，只愿意听邪门歪道，无可奈何。"我便又忍不住想起他在文章中一针见血的批评："文场芜杂，士林斑驳。干预生活，是干预政治的先声；摆脱政治，是醉心政治的烟幕。文艺便日渐商贾化、政客化、青皮化。"也是，这样的话谁能够听得进去，谁又愿意听呢？

对晚年的孙犁来说，唯一能够给予他慰藉的只有读书了。他在信中对我说："我读书很慢，您难以想象，但我读得很仔细，这也是年轻人难以想象的。"在另一封信中，他又说："读书烦了，就读字帖；字帖厌了，就看画册。这是中国文人的消闲传统，奔波一生，晚年得静，能有此享受，可云幸福。"孙犁是以这样的心境退回书斋之中的，既有中国传统文人之习，也有无可奈何之隐。孙犁先生的去世，我是感到这样一代文人和文风已经基本宣告结束了。那种忧郁的太息和气质只存活在他的文字中了。

我知道孙犁晚年喜欢临帖书写，曾经请他为我写一幅字，他写来的第一幅录的是杜甫《寄彭州高三十五使君适虢州岑二十七参三十韵》中的诗句，诗里有"心微傍鱼鸟，肉瘦怯豺狼"和"竹斋烧药灶，花屿读书床"的句子，我不知道是不是先生的自况？他写来第二幅字是"千秋万岁名，寂寞身后事"。我是感到他的旷达和超脱之外一丝忧郁。他出的最后一本书，取的书名竟是《曲终集》，我隐隐感到不大吉利，曾经写信问过他，先生回信却没有回答，也许，是觉得我岁数还小不大懂得吧。

《记邹明》里有他自己人生的感慨，那是一则邹明记，也是一篇哀己赋。在那篇文章中，他说："是哀邹明，也是哀我自己。我们的一生，这样短暂，却充满了风雨、冰雹、雷电，经历了哀伤、凄楚、挣扎，看到了那么多的卑鄙、无耻和丑恶。这是一场无可奈何的人生大梦，它的觉醒，常常在瞑目临终之时。"我不知道别人是如何看这篇文章的，我是感到了一种往昔的梦魇与现实的无奈，交织成一片深刻的忧郁，笼罩在晚年孙犁先生的心头，拂拭不去。

孙犁先生一生不谙世故宦情，以他的资历和成就，他完全可以像有些人爬上去的，但他只是如自己所说的："我的上面有科长、编辑部正副主任、正副总编、正副社长。这还只是在报社，如连上市里，则又有宣传部的处长、部长，文教书记等等。这就像过去北京厂甸卖的大串山里红，即使你也算是这串上的一个吧，也是最下面，最小最干瘪的那一个了。"

在一次孙犁先生《耕堂劫后十种》书籍出版座谈会上，我曾经讲过——我很想把这段话作为这篇迟到的悼念文字的结尾——

孙犁先生是中国真正的、有点老派的古典文人。知识分子是干什么的？就是干与知识相关的事情，孙犁先生的一生就是这样干的。面对这样的一个人，我们很惭愧。因为我们很多知识分子干的不是知识分子的事情，或为官，或为商，或争名于朝，或争利于市，这是孙犁先生作品中不断批判的。而孙犁先生的一生，干的是知识分子的事情，他不为官，也不为商，然而不是他没有为官的途径和条件。孙犁先生是一个真正的文人。回眸孙犁先生20年，实际不止20年，50年或者更长，把他的50年、60年，一生的作品都展示出来，孙犁先生可以面不改色，不用脸红，每篇文章包括每封信件都可以和读者见面。现在有多少作家可以把自己所有的作品更不要说每一封信件，摊出来和读者见面呢？包括所谓的大家。正如孙犁先生在《曲终集》中所说：人生舞台，曲不终，而人已不见；或曲已终，而仍见人。孙犁先生50年的作品，不仅一直保持着这种创作的势头，而且保持着真正文人的这种态度。所以我说孙犁先生是真正的文人，做的是真正文人的事情，愿意称自己为文人的人，都应该有发自内心的深省。

2002年12月11日于北京

他将长生草留给水

　　今天，看到樊发稼先生的信，才知道郭风先生去世的消息，1月3日，就在两天前。1月29日，就是先生92岁的生日，按理说，应该算是喜丧，心里还是充满着悲伤。

　　1月3日，北京下了一天一夜的大雪，是北京60年的历史中从来没有过的大雪。就像32年前先生在他的那篇曾经被选入小学语文课本的代表作《松坊溪的冬天》里写过的雪，"像柳絮一样的雪，像芦花一样的雪，像蒲公英的带绒毛的种子在风中飞的雪"。没有想到，先生就在这样的大雪中走了。32年前，先生说他看到了一个"发亮的白雪世界"，在这个世界里，他看见了一群彩色的溪鱼。真的希望，先生离开我们到的那个世界里，还能够看到一个"发亮的白雪世界"，和一群彩色的溪鱼。先生一辈子都是用童话般的眼睛看待生活和世界的，他一定会看到这样的情景的。

　　发稼先生说郭风先生是他敬重的前辈作家，这正是我要说的话。往事如水，岁月如风，很多回忆一下子拥挤在脑子里。论年头，我和郭风先生交往不是最长的，也不敢说读他作品是最早的，却也颇有些年头了。

1962年，我读初中二年级。在北京东安市场的旧书店，我买了郭风先生的《叶笛集》。这本散文诗集，收录的是郭风先生1957年冬天到1958年夏天写下的作品。当时，我仅仅花了一角钱。

我很喜欢书中描写的红色的香蕉花、米黄色的荔枝花、和月白色的橘子花，以及那"美丽的好像开花的土地"的榕树，"腊月里蜜蜂还出来采蜜的"的故乡。我还曾经抄过、背过书里面那些散发着豆蔻香味一样的散文诗句："雨点敲打着远处一大群一大群相互依偎的绵羊似的荔枝林，那林梢仿佛在冒着白色的烟雾。""云絮浮在空中，好像一只蓝酒杯中泛起的泡沫。太阳挂在空中，好像一朵发光的向日葵。""明媚得好像成熟麦穗的天空"……我心想，只有拥有童心的人，才会有这样鱼鸟皆遂性，草木自吹香的心性，才会在笔下流淌出这样新颖而明朗的语言，才会有小孩子的心思一样充满奇思妙想，把荔枝林比作相互依偎的绵羊，把云絮比作蓝酒杯中的泡沫，把天空比作成熟的麦穗。那样的透明、清澈。当时让我的心里充满花开一般的向往，如今遥远得犹如一个梦，一个怅然的梦。

　　我从来没有想到会有一天能够遇见这本书的作者郭风先生。即使以后曾经多次到过福州，曾经到过郭风先生住过的黄巷老街徜徉，但我从没想要打搅先生，我一直以为真正喜欢一位作家，就老老实实买他的书，读他的作品。

　　18年前，也就是1992年的4月，我再次来到福州，我的朋友当时福建作协的秘书长朱谷忠，来我住的于山宾馆，接我去和当地的文学爱好者座谈，一边往外走，他一边对我说："郭风先生也来了。"我的心里一动，怎么这么巧，想见的人就在眼前了。这时，已经看见一位精神矍铄的老人正站在4月龙眼花开的树下，我紧跑几步，向他跑了过去，蹦在脑海里第一个镜头就是那本《叶笛集》，便先忍不住对他讲起了30年前我花一角钱买过的那本《叶笛集》。他微微地笑着，望着我，和蔼地听我说着。

　　如今，虽然已经过去了48个年头，这本《叶笛集》，现在还保存在我的书架上，伸手就可以摸到，常常还会拿过来翻开。就像一位老朋友，相逢的时刻和回忆的味道，总是交织一起。

　　今天，写这则文字的时候，书就在身边，我再一次拿过来翻看的时候，才发现一本书对于一个人成长的作用和分量。虽然，这只是一本仅仅有93页薄薄的小书。

　　我曾经把它带到插队的北大荒，很多同学都借去看过。当时，书放在荒原上的马架子里藏着，纸页已经被北大荒的雨水侵蚀得发黄，骑马钉脱落，封面被我用胶条粘着。动荡的生涯中，几经迁徙，许多书都丢失了，这本《叶笛集》却从北京到北大荒，又从北大荒到北京，还经过多次的搬家，竟然奇迹般地保留下来。我知道，人的一辈子，像会遇见过许多人一样，也会买过并读过许多的书，但真正能够在48年漫长的岁月里一直保留在你身边的，正如你不会太多地记住曾经见过的那些过眼烟云的人一样，也并不会太多。

　　我格外珍惜这本《叶笛集》。看到它，我就会想起我的学生时代，想起我在北大荒，更会想起郭风先生。

　　想起郭风先生，有这样两件事情，拔出了萝卜带出泥一般，不由自主地跳了出来。

　　一件是第一次见到他时，在和文学爱好者的座谈会上他讲的话，给我的印象很深。其实，那一次，他一共就讲了两句话，一句是"我出了三十几本书，没有一本满意的，到了老年才好像刚刚进了门"，一句是"作家的自我感觉不要太良好，要应该总像失恋一样，心里总有些怅惘"。他不是一个善于讲话的人，因此不像有的作家能够舌灿如莲，但他讲得很真诚，他的这些言简意赅的话，对于今天仍然有着警醒的意义。

　　另一件事情，是前几年我在信中向他询问法国象征派诗人果尔蒙的《西茉纳集》，我没有读过，知道先生年轻时就喜欢这位诗人，便向他讨教。没想到很快我就收到先生复印的厚厚一大摞《西茉纳集》，是戴望舒翻译的。想想他那样大年纪跑去为我复印，并替我邮寄，让我感动的同时，也真是感到不安。

　　　　西茉纳，太阳含笑在冬青树叶上，/四月已回来和我们游戏了，/他将长生草留给水，/又将石楠花留给树木，/在枝干生长的地方……

　　想起这样的诗句，是因为我想起了那年的4月第一次见到郭风先生的情景。"他将长生草留给水，又将石楠花留给树木"，多么美的诗句。如今，郭风先生已经离开我们了，我忍不住想起了《叶笛集》，想起这些往事，想起先生那如圣诞老人一样慈祥的面容。

　　他将长生草留给水，又将石楠花留给树木，他将岁月留给了他的文字。

2010年1月5日夜于北京

从菱窠到慧园

　　菱窠并非真的有菱角，而是形状如菱角的一片水塘。1938年，李劼人买下这块地方，是为避日本飞机的空袭，将全家从成都市里的桂花巷搬到这里。那时，这里已属于农村，是姓谢的一家的果园，因是战争期间，很便宜便买了下来。再外面倒是有一片菱角堰。李劼人便把自己这个新家取名叫做"菱窠"。

　　如今，菱窠成为了李劼人故居，对外开放。就在川师大附近，因城区的扩大，已经离城不远了。在故居的展览室里，我看到了一幅老照片，李劼人的夫人领着他们的小女儿站在菱窠的门口。看那时的菱窠，门是柴门，墙是铁蒺藜蔓上竹子编的，只能叫做篱笆，想大概与当年杜甫的草堂类似，所以当年李劼人自己说是"菱角堰前一茅舍"。取名"菱窠"，与见惯的各种"堂"呀"室"呀，便大不同，窠就是窝而已。门前便是状如菱角的水塘，绣满一池荷花，不管战火纷飞，没心没肺地开放着。

　　如今的菱窠，大门和墙都气派了许多，道士门式样的大门虽然不大，却有着门楣、门墩和瓦檐，还有醒目的"菱窠"的匾额。门前的水塘没有了，但有一块小小的停车场，再往前紧连马路的空地，正在紧锣密鼓地大兴土木，据说是要建一片公园。以后的菱窠，便成为园中园，会有沧海桑田之感了。

　　走进菱窠，左侧是花草树木掩映，建筑都是白墙灰瓦铁锈红的柱子，典型川西风格。正面是一座带环廊的二层木楼，坐南朝北，西侧面是一排厢房，楼后有李劼人夫人的墓地。楼前开阔的草坪上，立有一座汉白玉的半身塑像，想必

菱窠

是刘开渠雕塑的李劼人的像了。东面有一方不大的小湖，湖边有水榭、亭台和游廊。紧靠大门的一则，则是李劼人曾经开在指挥街上的"小雅菜馆"。院落里面除了几个工作人员围坐在藤椅桌子前喝茶下棋，没有一个游人，偌大的菱窠幽静得很，风闲花落，空翠湿衣，仿佛远避万丈红尘的一个隐者。

显然，故居是经过精心的整修，才显得如此的花木繁盛，完全园林化了。现代作家中，能以自己的稿费买下故居并完好保存下来的，已不多见。北京的郭沫若和茅盾的故居，是新中国成立以后政府划拨的。老舍故居是自己买下的，尚在，但远不如这里的轩豁。至于鲁迅在绍兴会馆的故居和林海音在晋江会馆的故居，已经破败拥挤得成为了大杂院。其实，当年李劼人买下谢家果园，比现在看到的还要宽阔，足有12亩多，各种果树繁茂，后来建校园，占了8亩，现在的菱窠只剩下了4亩左右，比原来缩小了三分之二，小多了。

李劼人的经历比一般作家要丰富得多，经历了辛亥革命、五四运动、抗日战争和新中国的建设与运动。读中学的时候，赶上四川保路运动，作为中学生的代表参加了保路同志会，还和王光祈等人发起了少年中国学会，创办了《星期日》周刊。1919年底到法国半工半读留学四年十个月，回国后当过民生机修厂的厂长，新中国成立后当过成都市的副市长。如此丰富的阅历，使得他作为作家一出手就与众不同，他的《死水微澜》《暴风雨前》《大波》三部曲，描摹辛亥革命前后时代风云的长篇巨著，开创了新文学史上多卷本史诗性的长篇小说的先河。可以看出，他的抱负气吞万里如虎，他是想做巴尔扎克《人间喜剧》和左拉《卢贡-马卡尔家族史》一样的工作，希望把"小说"写成"大说"。

故居的一楼是李劼人的起居住房，二楼是陈列室。居室完全复原当年的情景，很朴素，书房里摆一张单人床，是李劼人当年改《大波》时特别放在这里的，怕吵夫人睡觉，自己在书房里写累了就睡。故居在1959年曾经翻盖一次，用的是李劼人的稿费，那时，他的三部曲再版，《死水微澜》和《暴风雨前》的稿费先到，有800多元，翻盖不够的费用，等《大波》的稿费到后再补上。想来那时的稿费还真的顶用。

翻盖菱窠，主要是为了安静下来仔细修改三部曲。新中国成立后修改三部曲，成了李劼人的大事，此事得失参半，留予后人评说。在书房里，我走神的是，奥地利的音乐家布鲁克纳，和李劼人一样，也是格外虚心听取别人的意见，对自己的作品一辈子都在频于修改的状态，但最后改动的结果不见得就如最初之始的如意。李劼人就是在这间书房里一直改他的《大波》，改写了四次，一直到临终的前一天还在改。无奈天不假年，他只改好了12万字，余下了30万字，如嗷嗷待哺的一只只小鸟，只能空留在书桌上了。

客厅的墙上，挂着几幅字画的复制品（李劼人字画藏品很多，有1000多幅明清古画），其中一幅兰石图，逸笔草草，却运笔用色均不俗，仔细看，原来是号称川西孔子刘止唐之子刘豫波的画。他是清末民初成都有名的五老七贤之一，曾经是李劼人在石室中学读书时的国文老师。看画上有题跋："既淡养心，坚定立学，三十余年此心空谷，一笑相通，还持旧说。"这里有赞许，也有期望，还有一份遗老的遗风。一打听，知道是李劼人和老师分手30多年后，在成都的街头和老师不期而遇，老师赠他的画作。李劼人一生对刘豫波都非常敬重，他曾经说：老师"教我以淡泊，以宁静，以爱人"。大概就是刘豫波指要坚持的"旧说"吧。

1962年底，李劼人去世后，菱窠一度荒芜。但在"文革"期间幸存，没有遭到破坏，主要是因为做了政府的招待所，后来改为库房和宿舍，一直有人住，便保留着旧貌和人气，实在是万幸，和如今一些名为故居实则新造的假古董完全不同。1959年翻盖时，故居曾经增添了一些楹联，此后重修，楹联更多，分不清哪些是新哪些是旧了。但楹联很有文学的气息，和别处不同的是，李劼人自撰的楹联很多。我非常喜欢其中1946年他自撰联："历劫易翻沧海水，浓春难谢碧桃花"。正是抗战胜利之时，透露他的心情，如果和那时同在成都迎接胜利的陈寅恪写的诗相比，可以看出其中的不同。一副是1962年病重后的自撰联："人尽其才地尽其力物尽其用，花愿长好月愿长圆人愿长寿"。和他的三部曲一样，依然是宏大叙事的笔触和襟怀。还有一副，不知撰写于何年："冷眼看空游侠传，热情涌出性情诗"。我最喜爱的，是1961年他的自撰联："最有文字惊天下，莫叫鹅鸭恼比邻"。情趣盎然，有杜子风。

最后来到他的雕像前，刘开渠和他在法国留学期间就结识为好朋友，抗战期间在成都，他们两人一起发起建立了抗日救国的组织，友情弥深。雕塑家为作家雕像，如罗丹之于巴尔扎克，刘开渠和李劼人是一对剑鞘扣。但看刘开渠为李劼人塑的像，却没有那么多的感情宣泄，而以完全写实的风格，还原老朋友淡定又笃定的风貌，又因是汉白玉的材质，显得静泊，有些冷。想那时刘开渠已老，早是春秋阅尽。再看像后的基座上有张秀熟撰文马识途书写的铭文："巴蜀天府，地灵人杰；劼人先生，一代文哲；锦心绣口，冰清玉洁；微波大澜，呕心沥血；山何巍峨，日何烨烨；缅怀斯人，高风亮节。"赞誉之辞，和塑像风格正好冷热均衡，动静相宜，山水相合。

　　从菱窠到慧园，并不远。但感觉却像走过了漫长的一个世纪。并不是因为巴金和李劼人作为成都双子星座的作家，一位一生扎根本土，一个19岁离开家乡，到晚年才得以归家探望，使得两者的时间距拉开得那样长。也不是因为慧园在闹市中心，与菱窠田园风的静谧，呈过于鲜明的对比。而是作为巴金故居的补充物，慧园体现了故乡人对巴金的一片深情厚谊，毕竟巴金在东珠市街上的李家老宅已经不在。慧园的名字取得极好，取巴金《家》中人物觉慧的慧字，寓意多重，充满想象力，总希望能有一个让人们怀念和怀旧的地方，能够重新走进巴金，走进巴金所创造的《家》的地方。只是新建的慧园，和老的菱窠容易拉开了时间的距离，建筑和树木一样，身上的年轮醒目，由老的菱窠到新的慧园，仿佛旋转舞台上的布景置换，洞中方一日，世上已百年，让我感到仿佛走了那么长的时间。

　　慧园在百花潭公园内。锦江之滨，花繁叶茂，天然幽韵，难得的好地方。慧园设计为二进院，院四围有游廊环绕，地方不大，却小巧玲珑。大门轩豁，门前有一小广场，叫慧园广场，修竹茂树鲜花掩映，门楣上有启功题写"慧园"的匾额，门两旁的抱柱联为马识途书写："巴山蜀水地灵人杰称觉慧，金相玉质天宝物华造雅园。"前院为牡丹厅，厅堂的匾额"牡丹厅"为朱家溍题写，两侧的抱柱联为："慧以觉生成家不易，国因文建明德常新。"后院为紫薇堂，匾额"紫薇堂"，史树生题写，两侧的抱柱联："巨匠文章感召热血青年融入激流三部曲，高山品格怀念赤忱著老坚持真话一条心。"字都是好字，以意思而论，前院一联最好，既有巴金小说《家》中沧桑历史之感，又有引申进一番行船万里今世之意，有家有国，联袂而意味幽然。

慧园是1989年正式对外开放，1987年巴金最后一次回家乡时，慧园正在动工，巴金专门来看过，回上海后为慧园捐赠了好多物品，应该说对慧园寄予感情和希望。如今慧园前后两院的厅堂中，还是摆放着当年开馆时的陈列品，有关于巴金的生平和创作的照片、书籍和书柜等实物。只是都已经发黄，留下了虽然并不太长却已经尘埋网封的日子的痕迹。岁月真的是一个伟大的雕塑师，可以将一切雕塑成另一番模样。没有感到"慧以觉生"的意思，倒是真的感到几分"成家不易"的样子，因为眼前的慧园不再像是觉慧的家，而是出租他用一般，满眼都是茶客，厅堂、院子里，连走廊里都摆满了桌椅，茶香缭绕，人声鼎沸。前院还专门设有家宴，广告牌上标明两种规格：268元一桌含10杯茶，1888元一桌含

10杯茶。四周的巴金的一切老照片老书籍老物件，都在陪伴大家喝茶，任流年碎影和眼前的茶香花影交织，真的有些不知今夕何年之感。

20年前，我第一次来慧园，那时慧园刚建成开放不久，一切恍若梦中。那时，虽然前院在举办盆景展览，毕竟只是盆景，悠悠韵味，和书香谐调。而且，将慧园扩展功能，吸引更多人到此流连，也是相得益彰之事。不过20多年，慧园却变成了茶馆和家宴，总让人有些惘然。忍不住想起坊间流行的民谚：巴金不如铂金，冰心不如点心。

幸亏大门前的慧园广场，还如以前一样的安静。树荫竹影下，有花香袭来。正面，有叶毓山雕塑的晚年巴金拄着拐杖的全身青铜像，一侧有一方长石上镌刻着冰心的题词"名园觉慧"。让人感到巴金和冰心两位老朋友，还在并肩一起，睿智却也宽容地看待眼前的一切，或许会说我不必自作多情，文学本来就不是什么非登大雅之堂不可的事，和乡亲们一道喝喝茶，吃吃饭，有烟火气，有乡土气，有什么不好？到慧园而能觉慧者，那不过是额外的赠品。

2012年3月记于成都
2012年7月写于新泽西

长啸一声归去矣

　　如今的黎里显得有些寂寞。其实，它和同里同属苏州的吴江，都是千年古镇，但在20多公里以外的同里太出名了，压住了黎里的声名。不过，话又说回来了，压也是压不住的，因为在黎里有柳亚子故居，是同里没有的。

　　就是因为柳亚子故居，赶在大雨前，我来到黎里，首先看到的是一条长长的河，据说有三里长。和同里蜿蜒的河汊相比，黎里的河笔直如线，古镇大小院落都依次错落在这条河的两边。南宋以来，北方人大量南迁，一直到明清两代，造就了黎里的繁荣，河的两岸由集市逐渐发展为门市，河取名为市河，其中"市"字就是集市、生意兴隆的意思。柳亚子故居就坐落在市河的岸边。几经战乱和饥馑，它没有被毁，算是万幸。新中国成立以后，这里成为古镇的银行，无形中保护了它，如果陆续住进人家，人口拥挤，烟熏火燎，就会和北京城里的许多名人故居一样，被糟蹋得无以收拾了。虽然，"文化大革命"中，红卫兵闯将进来，损毁了后院精美的门雕，但整个院落基本上保持得相当完好，可谓奇迹。常有人说，与国外的石头结构的建筑比较，我国的建筑是砖木结构，不好保存，看这座已经有两百余年历史的柳亚子故居，说明不是不好保存，而关键在于是否保护。

如今，看门庭轩豁，前有市河，旁有备弄，后有走马堂楼，纵深近百米，很是气派。六进的院落，建造在一个小镇上，真的了不起。这里的人告诉我，这不算稀奇，黎里还有九进的院落呢。可见当初这里的繁华。看故居里柳亚子生平，看到上个世纪20年代，柳亚子参与的国民党第二次苏州代表大会，就是在黎里召开的，就可以看出当初黎里地位的不同寻常。当初，柳亚子和陈去病创办南社，是到同里喝茶议事的，同里现在还存有南园茶楼。但要正式开大会，还得到黎里。

这里是乾隆年间直隶总督、工部尚书周元理的老宅，一座18世纪的老房子。柳亚子12岁那年，他家以3000大洋典租了这幢占地2600多平方米共有101间房间总建筑面积2800多平方米的豪宅。所谓典租，是说11年后周家如果拿不出3000大洋赎宅，这房子就归柳家了。算一算，一平方米一块大洋，现在看来是非常便宜了，不知道那时算不算贵。不过柳家和周家都属于大户，如此老宅的易主，可以看出朝代更迭和世事沧桑中，即古诗里"棋罢不觉人换世"的味道吧。如果不是面临着一场即将到来的翻天覆地的大革命，如果不是一腔爱国情怀的风云激荡，少年时代的柳亚子，也许和我们今天的"富二代"没什么两样。

就是住进这里的第二年，小小年纪的柳亚子写出了《上清帝光绪万言书》。这样明目张胆的反清言论，当时是可以满门抄斩的。但这篇万言书可以看出少年心事当拿云，奠定了柳亚子一生的走向。

这座柳亚子故居，让黎里提气，让市河有了它的倒影而流光溢彩。周家当年老匾"赐福堂"，虽然木朽纹裂，斑驳脱落，依然还在，端坐在地上，让逝去的历史有了看得见摸得着的物证。如今的大门内外厅的门楣之上，分别悬挂的是屈武先生题写的"柳亚子故居"和廖承志先生题写的"柳亚子先生故居"的匾额。当年，廖先生因叛徒出卖在上海被捕入狱，是柳亚子奔走营救才得以出狱，两人之间情分非同寻常。

大厅两侧，分别有柳亚子和毛泽东的《沁园春》唱和词，那曾经是柳亚子引以为骄傲的事情，也是如我这样一般人得以知道柳亚子的源头。也有周家当年请书画家董其昌临摹颜真卿的《赠裴将军》的中堂。可谓新旧杂陈，将年代打乱，错综一起，乱花迷眼，让人在历史中逡巡，引为遐想的空间。

　　其中最惹我眼目的是厅堂中的一副隶书对联："古来画师非俗士，此间风物属诗人"。这是当年此地号称诗书画三绝的陈众孚老先生送给少年柳亚子的，一老一少的往来，可见当初柳亚子的不凡，才会赢得老先生这样的赞赏。据说当年就悬挂在这里，如今依然毫发未损，还悬挂在那里。好的文字比人活的年头长。

　　展览里还有两方治印，非常值得一看。一方是：兄事斯大林弟畜毛泽东；一方是：大儿斯大林小儿毛泽东。这两方印，都是1945年柳亚子请重庆的治印家曹立庵刻印的。谁想到"文化大革命"中，这两方印章给柳亚子带来灾难。竟敢和毛主席称兄道弟，还大儿小儿地称呼，不是触犯了天条？这哪知是柳亚子在用典，而且柳亚子生怕误会而引起事后的节外生枝和无知者吹火生烟生出的麻烦，特意在印的一侧刻有文字注明典故的出处。但还是在劫难逃，最终把印章毁掉不说，还鞭尸一般，把早已经去世的柳亚子诬蔑为"老反革命分子"，而使得全家蒙难。如今看到的这方印章外带另一方，是1987年柳亚子诞辰百年之际柳亚子故居开馆时，曹立庵先生重新镌刻的。既是纪念故人，也是重温历史。庞大的历史并非仅仅宜粗不宜细，有时候，细节之处，更能让历史还原得须眉毕现。

　　展览中，还看到柳亚子名字的来历，以前没有听说过。父亲给他起的名叫慰高，字安如。他在上海读书的时候，信奉卢梭的天赋人权论，便把自己的名字改为柳人权，字亚卢，意思是亚洲的卢梭。看到这儿，我禁不住莞尔，想起我们在"文化大革命"中的改名，不也是叫什么卫东、向阳之类的吗？柳亚子那时也是一个热血青年，而青年膨胀的血液几乎是轨迹相同的。当时，同为南社的高天梅，常和柳亚子有唱诗往来，便对他说，你这个亚卢的卢字（繁体盧）笔画多难写；再说，亚和卢都是大的意思，合在一起也不伦不类；不如叫亚子吧。子者，男子之美称也！柳亚子便这样叫开了，要说实在是比柳慰高和柳人权、柳亚卢要好听！一个人的成功和成名，名字真的隐含着某种命运的密码呢。

　　当然，最值得看的是后院，庭院深深，幽静异常，楼下柳亚子的书房"磨剑室"不让游人走进，只能凭栏观看。"磨剑"，自是用"十年磨一剑，霜刃未曾试"的唐诗之意，和他取名"人权"、"亚卢"直相呼应，书生意气，挥斥方遒，小小书斋，已经容不下他的心事浩茫了。当年这里藏有黎里最多的藏书，新中国成立后，他将这些书全部捐献给了上海图书馆。据说，那时，书籍有4万4千多册，打了300余包，运往上海的阵势是浩浩荡荡的。

　　引我兴趣的不仅是书桌上的孙中山的半身胸像，还有挂在墙上的一副对联：青兕身后辛弃疾，红牙今世柳屯田。是当年南社社员傅钝根指书赠予柳亚子的，以宋代两位不同风格的词人辛弃疾和柳永比拟他，可谓知音。据说，柳亚子很是喜欢，一直把这副对联挂在书房里。我想，那肯定不是自负的为了比附，而是心中的一种追求和向往。

　　走马堂楼上地板凹凸，本来阴雨前光线就晦涩，透过镂空的雕花窗棂，就更加阴晦不定。走在上面，让人真有种时光倒流的感觉，一步跌入前朝。二楼是柳亚子一家的起居室，现在看看，每间都不宽敞，和现在一些发了财做了官的文人的住所相比，可以说很是窄小。他的三个孩子柳无忌、柳无非、柳无垢都是出生在这里的。1927年蒋介石"四·一二"大屠杀，把柳亚子列入黑名单，半夜派兵来抓人，柳亚子就是藏在卧室边的复壁里才逃过一劫。躲在狭窄的复壁里，他老先生还写诗呢：曾无富贵娱杨恽，偏有文章杀祢衡。长啸一声归去矣，世间竖子竟成名。我以前读柳亚子的诗，觉得他特别爱用典，几乎每首诗都有典故，有的不大好懂。生命攸关时刻，老先生还在用祢衡和杨恽这两个摇笔杆子的典故呢，要说柳亚子真真的单纯得可爱可敬。这样的劲头儿，大概只属于那一辈文人，如今的文人，只有汗颜的分儿了。

这一夜趁着天不亮的时候，他换上一身渔民的衣服，雇了一艘破渔船，偷偷离开了家。小船摇了三天三夜，才摇到上海。这一年，他整整40岁，在这里，他生活了29年。

走出柳亚子故居，云彩压得很低，雨就要来了。市河的水有些晦暗，老桥在风中似乎隐隐在动。想想，82年前，柳亚子就是从这条河离开家的。他再也没有回到过这里。禁不住想起他的那句有名的诗："安得南征驰捷报，分湖便是子陵滩"，有些百感交集。分湖便在这里不远，指的就是这里，他的家乡。也许，只有站在他的故居前，吟诵这句诗，才会别有一番滋味上心头吧？

2009年岁末于北京

梅州访张资平

　　到广东梅州，听说张资平的祖宅就在市区边上，便请车子拐了弯。这里原来隶属梅县东厢堡三坑村，市区的扩大，像包饺子一样，把它当成了一道美味的馅包了进来。

　　早听说张资平的祖宅叫做留余堂，张资平在这里落生，一直生活到了19岁才离开这里，到日本留学，据说当时他考的成绩是最后一名，扒上了去日本海船的船尾。这里是他的故居，如今讲究名人故居的开发，成为不可多得的文化和旅游的资源。更何况，张资平历来是颇受争议的人物，其汉奸的历史问题，以及因写三角恋爱小说闻名而遭到鲁迅先生的批评，都使得他显得有些另类而为人瞩目。只是因为张家老屋尚未收拾好，暂时未对外开放。对我而言，更愿意看这样未经修饰的老宅，哪怕荒芜如同一座废园，其凋败的沧桑之中，更能让人容易捕捉到历史真实的影子。想前两年在东北看萧红故居，新得如同新娘，难以走进《呼兰河传》之中了。

　　走进留余堂，没有见到一个人。牌楼式的大门坐南朝北敞开着，三进三出的大院落，明显客家围龙屋的格局，中轴线连带着三座轩豁的厅堂，左右对称三排排屋，最后一排半圆形的围屋，整个院落足有70多间房子，却空荡荡的，只有南国热辣辣的阳光，不安分的小鸟一样，在地面和屋顶上跳跃。

房屋的门窗都有些破败，里面更是一片凋零，蛛网坠落，尘土四溢，堆砌着乱七八糟的杂物。看样子，早没有人居住，所有的一切都只在遥远的回忆里了，破败而悲凉的情景，颇似电影《小城之春》里重回故里的那种感觉。但是，

在张资平故居

如果仔细看，房梁上有精美的木雕，并没有被岁月凋蚀和人工破坏，雕刻着的麒麟、如意和大鼓，依然栩栩如生。还有松竹梅莲的漆画，也清晰可见。大门"珠联璧合，凤翥鸾翔"的门联，大堂上"积善之家荆树有花兄弟乐，读书为业砚田无税子孙耕"、"孝友传家诗书礼乐，文章报国秋实春华"的抱柱联，以及大门门楣上道光二年的横匾"经魁"，前堂道光十四年的横匾"文魁"，都显示出了张家当年的风光、气派和心底。张家祖上出过两个四品官，七个举人，虽不为显赫，却也值得骄傲。记得张资平在他的也是我国现代文学史第一部长篇小说《冲击期化石》中，曾用颇大的篇幅写过他的老宅，特别写过老宅的这些对联，虽然文字有出入，但忠孝传家，诗书及第的内容是相同的。还特别写过他的父亲，当年父亲是秀才，当乡间的私塾先生，他从小是跟着父亲学习的，他说"父亲是我的知己"。

最宽敞的中堂，显然被人收拾过了，中间有祭祖的条案，左侧的墙上有张氏家族捐款的名单，右侧的墙上有一排照片，是张家出过的人物。在中间，我找到了张资平，看照片下面的文字介绍，知道他是张家的第20世孙，1906年在附近的广益中西学堂读书，1910年在东山初级师范学堂读书，19岁当第一任学艺中学校长，同年留学日本。那上面特意注明张资平到日本学的是地质，有关于地质学的专著，似乎有意淡化他的文学生涯。

正在俯身细读，当地的朋友带来一位身材高挑鹤发童颜的老人，才知道是张资平的亲侄子，名叫张梅祥，78岁。1940年7岁从印尼回国，跟母亲学制衣，算作工人，出身好，新中国成立以后才没有因为张资平的问题受到牵连。但这座老宅被充公，他和母亲住在旁边的两间茅屋。老宅后来成为了生产队的队部。他去了新疆生产建设兵团。1983年，60岁那一年退休回来，就开始找队部要房子。他告诉我他是19级干部，在新疆管劳改犯，退休回来，不管多难，就是想要回老宅。终于要了回来，头一天，他站在大门口，拦住了担稻子入门到庭院晾晒的农民，告诉他这里不再是大队部了。这两年，留余堂作为客家古民居已经被市里批了下来，他现在要做的是筹措资金把老宅保护好，维修好，将来把张资平的故居也能开放出来。

我问他为什么当年把老宅取名留余堂？他告诉我，这是1827年他的曾祖建的房子，他的祖父有两个儿子，希望孩子做事做人要留有余地，另一方面，留字的一种写法是上面两个口字，希望两个兄弟能够和睦。祖父的这两个儿子，哥哥便是他自己的父亲，弟弟则是张资平。

　　我又问张资平当年住哪间房屋，他先对我说，这座留余堂的格局是这样的，左侧排屋的前半部分为大哥住，后半部分为二哥住，右侧排屋相反，兄弟之间，你中有我，我中有你。然后，他带我到了左侧的后半紧靠中堂的三间小屋，告我当年张资平也就是他的叔叔就在这里住。这是南北前后一串的三间小屋，开间都不大。最北面是厨房，中间是卧室，最南面是书房。书房前有一个下沉式的天井，天井的前面有花墙花窗和一方小水池，前面则可以种些花草。如今，虽然凋零得只长满青苔，但可以想象当年这里还是一处不错的景致。

　　张老伯又带我继续往左侧走，穿过一座拱形的月亮门，来到排屋最外一层，那里有一座小厅堂，这在客家围龙屋中极少见。他告诉我这是张家的观音厅，张家大小事就要到这里祭拜的，很灵。我问他张资平当年到日本留学离家之前到这里拜过观音没有？他说记不清了，不过应该是拜过的。但是，观音娘娘没有保佑得了张资平日后的命运，新中国成立以后，他因汉奸的问题，几起几落，1959年，才66岁就客死劳改农场。

　　走出留余堂，看见前面是一弯半月形的池塘，池塘里绣满绿色的浮萍，在阳光的映衬下，绿缎子一样分外明亮。同行的一位朋友开玩笑说：应该把池塘改成三角形。这是想起鲁迅先生当年对张资平的讽刺,以为他的小说等于一个三角形。不知道张老伯听见没听见,他指着水塘对我说:水塘像墨砚。

2011年8月24日于北京

佗城遇萧殷

　　到佗城是大中午，南中国的太阳热辣辣的，像顶着大火盆。到镇中心的孔庙参观，回头一眼看见，孔庙的前面是开阔的广场，广场一侧，有一座电影院，顶端写着"佗城电影院"，落款有萧殷的字样。忽然才想到，萧殷就出生在佗城。

　　电影院有年头了。那种山字形马头墙式的牌楼，一下子让我回到上个世纪的五六十年代，那时候，这样的电影院在县城或小镇有很多，一直到20世纪80年代，我到青海冷湖镇，看到那里的电影院和这里几乎如同一个模子里刻出来的。一问，果然是40年代的老电影院。新中国成立以后，进行过翻修，一直延续用到现在。前两年扩建孔庙前的广场，要拆这座电影院来着，县委书记来视察，一看电影院的名字是萧殷题写的，要求保留下来。我想，萧殷大概做梦也不会想到，死后多年，自己的名字还能起到这样的作用，居然保住了一座老电影院。

　　佗城是一座古镇，隶属广东龙川县，地处粤东北，现在依然是经济欠发达的山区。对比风情万种的珠三角，这里质朴得如同素面朝天的村姑。当年，南越王赵佗设龙川县，县城就在这里，佗城的"佗"字便来源于他。萧殷出生在这里，在这里的龙川县一中上的中学，当年中学就在古镇的古代考试的试院。在贫寒中读到中学毕业，萧殷在佗城小学教过一段书，一直到21岁的时候才离开这里到广州读书。他就是在家乡开始迈出了他的文学创作的脚步。萧殷活了68岁，人生的近三分之一时光是在这里度过的。家乡对于他不只是一个符号，而是牵枝带蔓，连心连肺的。

听说萧殷的故居还在，我请求能去一看。要说萧殷不仅是我的前辈，还曾经是我的同事，他曾经在《人民文学》担任过编辑部主任。虽然，我从未曾与他谋面，但早就听说他不仅是一名很优秀的文学评论家，还是一个名副其实的好编辑，不要说如白桦、邵燕祥等很多名家处女作、成名作都出自他手（粉碎"四人帮"后他抱病还在关心并成全着当时广东的青年作家陈国凯、吕雷等人），仅看这样两条：来稿必看，来信必复，就会让很多如今的编辑汗颜。想以前曾经出版过的《萧殷文学书简》一书，大概远远未能收全他的书信。我私下常常以一位作家通信的多少来判断其为人的心底，乃至可以成为其文学成就的一个鲜明有力的注脚。前辈

在萧殷故居

作家中，鲁迅和孙犁先生，可以说是这方面突出的代表，萧
殷秉承着这样的传统。

萧殷是老延安，资格很老，却在1960年调回广东。这一
举动，和当年艾芜相似，艾芜也是在这相近的年月里要求调
回四川老家。这里自然有故土难离的乡情，也有远离那时京
城文坛是非动荡之地的心曲。仅从这一点来看，我就对他充
满敬意，因为并不是所有人都能做到这样明不规暗，直不辅
曲，向往长闲有酒，一溪风月共清明的境界。文坛上，迎风
躬逢和追名逐利之徒有的是。

萧殷故居，四周如今热闹如市，当年却是在古镇城外。
萧殷在自己的著作中称之为竹园里，那时周围一片竹林似
海，清风如梦。现在显得有些杂乱，后盖起的房屋参差不
齐，高矮不一，密匝匝地包围着萧殷故居。它是一座三层的
小楼，外表很像开平或东莞的雕楼，只是腰围小了几号。窄
小的窗孔如同梅花炮口，说明当年这里还是偏僻的，要警惕
土匪的袭击。沿着颤巍巍的木板楼梯爬上去，小楼早已荒芜
如弃园。一楼原来厨房的灶台早已凋败，柴草散落在旧日的
回忆里；二楼是萧殷的哥哥住；三楼是萧殷住，每层的开间
都不太大，但坚固得很。下楼后才发现，门楣上有赖少其题
写的"萧殷故居"的牌匾，由于光线幽暗，不仔细看，根本

看不清。

楼前的一座新楼里住着萧殷的嫂子，80多岁了，身体很硬朗。她的两个儿子正好都在家，老大一口浓重的龙川当地乡音，告诉我总会有外地人来这里要看萧殷故居，不知要带着人跑多少次，踩得那木楼梯摇摇欲坠快要塌了。他问我要不要去看看？我说我已经看过了，便和这两位萧殷的侄子聊起来。说起萧殷的往事，如同天宝往事一样遥远了。其实，萧殷是1983年去世的，文坛却如煤层一般，不知不觉之间，已经挖掘断了好几层，一代一代更迭并改写着岁月，模糊并淡忘着记忆。

当晚，住在龙川县城，第二天早晨离开的时候，才知道这里还有一个萧殷公园，请求一定去看看。在我的印象中，似乎除了青岛有一座鲁迅公园，其他地方还没有以作家名字命名的公园。主人说公园正在扩建，是一片工地，那也要去看看。那是城中心的一块三角地，现在要把围墙拆除，让公园露出来。绿意葱葱的榕树龙柏和桂花树，还有一丛高大粗壮名叫竹柏的翠竹，簇拥着一座雕像的花岗岩底座。可清晰地看得见上面有吴有恒撰文赖少其书写的萧殷生平。赶过来的文化局局长对我说：这是原来公园里萧殷雕像的底座，那座雕像是萧殷的半身石雕，当年请广州一位著名雕塑家雕刻的，现在请不起了，要的价钱太高，只好请我们当地的人雕刻了，是一尊比原来要高大许多的萧殷全身像。然后，在公园的一侧建一排展框长廊，陈列萧殷的著作和生平介绍。

一个边远的小镇，一个经济落后的小小县城，居然心存温暖和敬意地保留着一位作家的三处遗迹：他的故居，他题写名字的电影院，以他的名字命名的公园。我心里充满感动，为萧殷，也为佗城。

2011年7月23日于北京

萧红故居归来

到一个陌生的地方去，与其说是看那一个地方的风景，让从未见过的它们闯进你的视野和心里，给你客观的感受，不如说是一种更为主观的心理和思绪乃至精神的东西，作用于你的心里和所看到的风景里。因为来之前你就已经在自己的心里想象着或勾勒着它们的样子了，如果和你想象的差不多或比你想象的要差，肯定索然无味；如果超乎你的想象，让你的想象在扑入你的眼帘的风光中碰得碎落纷飞，那才会勾起你的游兴。

从在北大荒插队开始，往来哈尔滨那么多回，竟然没有一次去成萧红故居。其实，它离哈尔滨仅仅30公里。今年夏天，终于好梦成真，了却了多年的心愿。但是，说心里话，真的去到了萧红故居，让我多少有些失落，它和我想象中萧红故居不大一样，和萧红笔下的故居也不大一样。

它的前院过于轩豁，也过于整齐，汉白玉的萧红塑像，过于俏丽，少了些身世浮沉雨打萍的凄清和沧桑。特别是后院，那是萧红在《呼兰河传》中倾注了感情描述过的后院，修剪得像是如今司空见惯的小花园了。那棵在院子西北角的榆树没有了，那棵不开花不结果的樱桃树也没有了，多了一棵沙果树，正结满累累的红白透亮的小果子，硕大的西番莲，也是《呼兰河传》里没有见过的。在《呼兰河传》里被萧红那样富有灵性地描写过的"愿意长多高就长多高，愿意长到天上去，也没有人管"的玉米，也没有了。而"愿意爬上架就爬上架，愿意爬上房就爬上房"的倭瓜，被移植到了前院，像是安排好座位并像我们现在开会摆好座签一样，整齐地种在地垄里面。结出的金黄的倭瓜，都哈着腰沉沉地坠在架子下面，却再也不可能"愿意爬上架就爬上架，愿意爬上房就爬上房"，因为前面根本不靠房子了。

冯歪嘴子的磨房，被修得格外簇新，我们在修建文物时，似乎缺乏修旧如旧的本事。想想冯歪嘴子那大个子的媳妇带着新生的孩子盖着面袋子睡在这里凄凉的情景，眼下的磨房像是电影棚里搭的一个景。被萧红曾经那样充满孩子气描写过的黄瓜秧爬满磨房的门窗，看不见外面的冯歪嘴子还在磨房里面自说自话的一幕幕情景，只存活在萧红的文字和逝去的岁月里，无法再现今日，因为今日再没有黄瓜秧爬上磨房的门窗。这时，你只能够感叹文字和岁月的永恒能力，是超越一切现代化的手段的。现代化的手段，可以把房子修建得格外整齐，却只是形似而神不似。堆放在后院后门的落叶，也堆放得那样整齐，像是放学排队回家笔管条直的小学生，没有了后院的蒿草、蓼花和乌鸦的忧郁、凄清和念想。可惜东园树，无人也作花，那种自由自在，那种随心所欲，那种生命中真正童年的后院，便只能够在萧红的文字中去追寻了——

　　那园里的蝴蝶、蚂蚱、蜻蜓，也许年年仍旧，也许现在完全荒凉了。小黄瓜、大倭瓜，也许年年地种着，也许现在根本没有了。那早晨的露珠是不是还落在花盆架上，那午间的太阳是不是还照着那大向日葵，那黄昏时候的红霞是不是还会一会工夫变出一匹马来，一会工夫变出一匹狗来，那么变着。这一些我不能想象了。

　　所有的一切都被萧红所言中。萧红家的后院已经不再是原来的样子了。想一想，54年前，萧红写《呼兰河传》时的情景，落叶他乡，寒灯孤夜，亡国去如鸿，故园在梦中，那一腔刻骨铭心的怀乡情感，如今多少人还能够记得，又还能够感同身受地理解？面对如今的美女写作、身体写作的迷花醉月，诸多风起云涌的花样变化，同样作为女性作家的萧红，不知该做何等感想。故园的变化，便更是理所当然而不能苛求的事情了。况且，毕竟还是修建了这座故居，让怀念萧红的人有个迎风怀想的流连之处。

也许，更让萧红无法理解，也是难以想象的，是在我们就要离开她的故居时，来了一些警察，故居很多的工作人员纷纷出来，漂亮的女讲解员也跟着出来，忙成一团。原来是从北京来的一位领导要来参观，警察在故居的门前门后忙乎着清理，连门口道路上停放的车辆都要让它们开到别处去，让出路来。花径缘客扫，蓬门为君开，一看就知道是习以为常的事情了，人们在熟练地做着这一切。如同萧红研究如今成为了显学一样，萧红故居也成了附庸风雅之地。萧红说："这一些我不能想象了。"不知道，她所说的"这一些"包括不包括眼下的这一些，只是，真的是不能想象了。

走出萧红故居很远了，本想看看到底是哪一位显要人物要来，还非要清场似的不可。等了一会儿，也没有见人影来，倒是先来了一溜儿小汽车占满了并不宽的道路。萧红故居的墙外面摆了一地的西瓜，卖瓜的商贩也是看准了这个地方，可以借助乡亲萧红卖点儿零花钱。

回到哈尔滨，见到原黑龙江作协副主席韩梦杰，是多年的老朋友。阔别多年，相见甚欢。交谈中，他告诉我《北方文学》眼下办刊艰难，已经有 8 个月发不出工资了。因为刚刚从萧红故居回来，心情本来就有些郁闷，便更加郁闷。如今的萧红已经成为了一个符号，装点着门面，为旅游者的一个景点，为附庸风雅者的一个象征。拿死人挣钱，却让活人没钱，这样说，也许是情绪话，但萧红故居和《北方文学》，同样作为黑龙江的文化品牌，冷热不均、旱涝失衡，却是应该正视的现实。心里暗想，萧红要是还活着，不知该如何面对。

2004年8月哈尔滨归来

如何面对梁思成塑像

偌大的北京城，早就应该有不止一尊梁思成的塑像才是。但北京是一座没有什么雕塑传统的城市，拙劣的雕塑败坏着城市的风景，没有像样的，不滥竽充数也是对梁思成的尊敬。如今，在梁思成诞辰110周年和清华百年校庆的日子里，终于，在清华园矗立起他的一尊像样的塑像。无疑，这是对梁先生的一份难得的纪念。

不知道北京人日后该如何面对他的塑像。还有比他对于老北京城的保护更富有远见卓识又一言难尽有纪念意义的人物吗？

我想起去年日本奈良也曾经矗立起梁思成的一尊塑像，那是为了纪念他在"二战"期间保护了古都免于轰炸。立在那里，他看见他保护下的一座古都，依然古貌犹存。如今，他立在了清华园里，北京古城近在眼前，他看到的能够是什么呢？

1948年的年底，两位解放军带着一张北京城的军用地图，进入清华园，找到梁思成，请梁先生标出重要的古建筑，以避免炮火的轰炸。可是，我们进入这座需要我们保护的城市之后，避免了战火，却未能够避免我们自己的手的毁坏。这实在有些以子之矛攻子之盾的困惑。我们辜负了梁思成的一份拳拳之心。今天，面对他的塑像，我们有勇气和良知，回顾历史，面对历史，反思历史，而垂下我们的头吗？

如果说我们与1950年梁思成和陈占祥的"梁陈方案"，失之交臂，是我们幼稚，或者受制于老大哥苏联的影响，我们识不得良玉珍珠，更不懂得珍爱这样的无价之宝。那个关于中央人民政府中心区位置的建议，东起月坛，西至公主坟，北至动物园，南到莲花池。至今水落石出一般，越发清晰地证明是一个多么富于远见的方案。他替我们制订了，替我们规划了，替我们描绘了。我们对他做了什么呢？

我们都说，我们错过了整体保护北京旧城的历史机遇。时过境迁之后，我们马后炮一样对于梁思成充满了愧疚，我们把他写成了教材，放进了中学的课本里，但是，我们言行不一，我们继续违背了他曾经为我们描绘过的蓝图。否则，我们无法解释，为什么又开始了新一轮的对老北京旧城的破坏，而允许地产商和推土机在已经残缺不全的旧城肆意地大拆大建呢？如果前者无可追回，但旧城区的大拆大建却就是发生在近几年的事情呀。就在眼下，我们一边为全世界独一无二的北京城中轴线申遗，一边正还在对中轴线旁边的粉房街和大吉片大动干戈，在中轴线东侧大建一批假景观。不仅北京如此，神州大地，多少古城一样遍地在大拆大建，我们健忘，完全无视了梁思成的存在，他曾经给予我们的那些振聋发聩的建议和思想。

是的，我们一再背叛梁思成。早在1947年，梁先生就发表了《北平文物必须整理与保护》。新中国成立以后，他也一再陈情相告：北京城的整个形制既是历史上可贵的孤例，又是艺术上的杰作，城内外许多建筑是各个历史的至宝。它们综合起来是一个庞大的"历史艺术陈列馆"。同时，他特别指出，承袭了祖先留下的这一笔古今中外独一无二的遗产，对于保护它的责任，是我们这一代人绝不能推诿的。他还强调地告诉我们：北京旧城区是保留着中国古代规制，具有都市规划的完整艺术实物。这个特征在世界上是罕见无比的，需要保护好这一文物环境。

半个多世纪过去了，我们真正认知了他的这一思想了吗？传承下他对于北京古城这一份情感了吗？我们是把这座城市，真的当成了"孤例"、"杰作"、"至宝"和"历史艺术陈列馆"来对待了吗？是把旧城区看做了"完整艺术实物"，是"世界上是罕见无比"的，需要把它当做"文物环境"一样保护了吗？如果我们不是仅仅把它当做一种修辞，当做一层粉底霜，而是真的这样认同的话，为什么让北京旧城越来越多地出现了一片瓦砾，代之而起的是一片商业楼盘？那么，我们对于他所说的保护这座城市不可推诿的责任，又尽到了多少呢？

建起一座塑像是容易的，而检点我们自己，反思我们自己，并不那么容易。我们拥有过一座美丽的古都，我们拥有过一位为我们这座古都审视并规划了未来的远见者和思想者，我们的自以为是，让我们都没有懂得珍惜。在这样的时候，清华园矗立起他的塑像，或许带有一丝悲剧的意味。当然，也可以这样说，是有意地再一次提醒我们，保护这座古都刻不容缓，责任依然不可推诿。我们需要纪念他的塑像，更需要纪念他的行动。

2011年4月19日写于北京

蔼蔼长者

我是今天才从报纸上看到洁泯先生逝世的消息。就在上个月，我碰到一位朋友，他对我说洁泯先生身体不好，准备过几天去看望他。我说洁泯先生是好人，经历文坛的事多，学问又好。谁想到，这才几日，洁泯先生竟然和我们天地两隔。他是11月13日去世的，那时，我正参加文代会，许多文人正聚在一起热闹着，他寂寞地逝去了。

今年，洁泯先生85岁。他是前辈，按说是轮不到我写祭文的，因为我毕竟并不十分了解他，与他交往也不多。我只是怀着景仰的心情，一直远远地观望着。他如一座云雾中的山，沧桑而苍茫地从历史中走来，让我总涌出这样的一种感觉：始知五岳外，别有他山尊。

大约在1987年，那时候，我写了一部长篇小说《早恋》，因为涉及中学生的恋爱，引起一些人的不满和批评，甚至书稿发到印刷厂而被撤版，险些没能够出版。那时候，人们的心理就是这样保守，时代的发展总有个春秋代序。那时候，我没有想到，第一位给予我支持的是洁泯先生，他首先在《文汇报》上发表文章，对《早恋》进行评论和表扬，打破了那时的僵局，不仅给予我，同时给予出版社以强有力的鼓励。

那时候，我还没有见过他的面，但在心里很是感念。几年以后，他又写过文章，再次提及《早恋》，他说："肖复兴的创作，从《早恋》到最近的《戏剧人生》，都是写学生的，对中学生和大学生的生活流向、心态变化，他几乎了如指掌。在青年读者中，他的作品是极受欢迎的。我虽然年纪已老，也一样喜欢他的书，他小说中的文义，可以唤起老年人对青春的向往与赞美。捷克作家昆德拉认为青春'是超越任何具体年龄的一种价值。这个思想用恰当的诗表现出来，成功地达到了一个双重目的：他既恭维了年轻人，又神奇地抹掉了年长者的皱纹，使他成为了一个与青年男女同等的人'。我十分激赏这段话，因而我认为，肖复兴虽致力于写青少年，但他的小说又为年长者所同享。"我始终不敢忘怀这些话，我知道，这是一位长者对晚辈的鼓励、教诲和希望。我常常拿他的话鼓励自己，让自己写得更有进步一些，不辜负他的期待。

1993年的夏天，洁泯先生给我打来一个电话，他要为出版社编一套"当代世相"丛书，他看到我在报端上发表的一些文章，觉得合适，希望我能够加盟编一本。我非常高兴和感动，高兴我的文字还能够走进他的视野，感动他还在关注我的写作。他约我见面详谈，我说去您家拜访吧，他说他家太远，就到他的办公室吧。他虽然退休了，但社科院还给他留了一间办公室。那天，我去社科院找到他的办公室（小得出乎我的意料，摆满的书籍让屋子更加逼仄），他早早在那里等着我了，他就是这样一个蔼蔼长者，总是那样的平易近人。说实在的，虽然我已经出过一些书，但为他编一本，心里有些惴惴，毕竟他是有名的评论家，见多识广，怕难入法眼。他却一如既往地鼓励我说，他看到我最近写的一些文章，是在现实生活中观察和思索之后而写的社会百态，正符合他编的这套书的要求。正是在他的鼓励下，这本《都市走笔》的书得以出版，他还特意为我的这本书写了序言。这是我专门请求他写下的，我从不为自己的书请人写序，这是唯一的一次，因为我敬重他，并始终感念于他。

我很少能够见到他，我相信君子之交淡如水的古训，文坛毕竟不是闹哄哄的大卖场。每年的春节前夕，我只是寄一张贺卡给他，表示我的敬意与祝福。我知道他的身体越来越不好，但每一次他收到贺卡总要回寄一张贺卡给我。前两年的春节前，他寄来一张红色贺卡，在贺卡上密密麻麻写了前后两页。我知道他的身体不好，心情也不好。他说："我这几年身体走下坡路，肠癌开刀，留下了大便难以控制的后遗症。我的青光眼已转入恶化，成了视神经萎缩，视力只有零点一，读书写字俱废，报纸也少看，写东西极少。"但如此视力的情况下，他还说："我时常读到莫名的文章，关于音乐方面的，读了尤其钦佩。"还是一如既往给予我鼓励。想想一个年过八旬的老人，身体那样差，视力那样差，还能够读能够写，心里真的很感动，忍不住想起放翁的诗句："岂知鹤发残年叟，犹读蝇头细字书"。对于文坛，他似乎不像有些人那样昂扬，而是颇为悲观："现在文艺界似乎很萧索，出的东西不少，有影响的似乎不多，这十多年，也不见有什么大手笔问世。"去年春节前夕，他在贺卡上的写的，似乎心情略好些，他这样写道："收到贺卡，至为感谢。多年来我目疾恶化，生活进入半自理状态，但心情尚好。祝您写作丰收，工作有新成就。还有身体健康最要紧。"想到一个身体状态那样差的八旬老人，还要亲自走到邮局去寄信，我的心里充满无法言说的感动。但是，那时候，我没有仔细注意他一再嘱咐我要注意身体，无法体会到其实那时候他的身体已经每况愈下，一个垂垂老人对于生命和生活还有文学的渴望和无奈。

　　我只是把我这样一个普通的作者和晚辈感受到的洁泯先生的点滴写出来，表达我的一份怀念的心情。我相信如我一样曾经受到过他的关怀和鼓励的人会有很多，我所写下的不过只是其中的一滴水。

　　又快要到年底了，我只是不知道今年的春节前夕，一张贺卡该寄往哪里，而我也再无法收到先生的贺卡了。

2006年11月23日写于北京

初春的思念

今天中午，电话铃声响了。是胡昭先生的女儿婷婷从长春打来的，告诉我她父亲昨天中午在医院里心脏病突发逝去。我一时没有反应过来，因为就在前不多天，我还和胡昭先生刚刚通过信，没有一点征兆。那是他刚刚学会使用电脑，通过电脑发给我的第一封信，竟也是最后一封信。我一下子哽咽，无声却泪如雨下，本应该是我劝慰婷婷的，却让她劝起我来。

放下电话，我依然不能自已。自从母亲去世，我再没有这样伤心地哭过。胡昭先生的逝去，让我是这样的猝不及防。作为长辈，他给予我的关怀，总让我想起自己的亲人，有时会想就是亲人，又怎样呢？现在想起这样的感觉，还让我感到一种难得的温暖，一切都好像是还在眼前发生着。

细细一想，我和胡昭先生交往并不深，只是属于那种君子之交，淡如水，却也清澈如水。而胡昭先生给我留下的总体印象，就是"清澈"——这也是他在1973年写的一首诗的名字。虽然，作为新中国的第一代诗人，22岁就出版了他的第一本诗集《光荣的星云》，他度过了整整20年右派的不公正生涯，又经历了妻子死在"文化大革命"中悲惨遭遇，但是，他的文品与人品、心地和胸襟，总还保持着难得的那种清澈，用老诗人吕剑先生的话是"单纯而明净"，"把心境和盘托出"，那是对他诗的评论，也是对他人的概括。

10年前，我们开始通信，通信的原因很简单，按照胡昭先生的话是以文会友，其实是他偶然间读到我写的东西，给予我长辈的鼓励。没错，他是我的长辈，1947年他参军的时候，我才出生。我只是在上中学的时候曾经在《人民文学》杂志上读过他写的诗，我以为他是一个很老的诗人，从来没有想到过有一天能够和他相逢。世上的事情有时候就是这样的奇特，文学就像是海，纵使他站在海的那一边，你站在这一边，相隔遥远，海水是相通的，只要你站在水里面，水就从他那边淌来，从你的心头湿润地流过了。

我们通了整整10年的信，而且，我相信如果不是胡昭先生的突然逝世，我们的信还会通下去。在这10年中间，我们只见过两次面，一次是他来北京参加文讲所即现在的鲁迅文学院成立45周年的活动，他是文讲所的第一期学员，他老伴陪着他，我去看望他们，一起吃了顿饭；一次是我们一起去石家庄参加一次签名售书活动。除了这样两次见面的机会，我们只是通信，是那种真正的笔墨方式，而不是现在的电脑邮箱里的电子信件或手机短信，那是文人之间最常见的也是最古老的方式。我们在文学上所有的了解和理解，在心灵上所有的碰撞和沟通，对文坛况味和世事沧桑所有的感喟和诉说，都是通过这样的信笺传递。

当然，信笺传递的更多是胡昭先生对我的关心。1995年，我要调到中国作协工作的时候，他就来信以他自己在作协工作多年的亲身体会提醒我告诫我。2002年，我的儿子出国读研，他又写信关照提醒孩子。就在今年的春节之前，他只是从电视里看见我一晃而过的镜头，觉得我好像有心事，就让他的儿子冬林到北京领奖的时候打电话特意关心我，没过两天，又特别写来一封叮嘱的信。他写信从来都是用毛笔写，看那墨汁淋漓的信，我觉得他的身体还不错。在信的末尾，他还让我把网址告诉他，他要通过网上和我通信，会更快更方便。我写信告诉他我的网址，他很快就发来了E-mail，不仅关心我，而且关心远隔重洋的我的孩子。现在，我知道了，那是在他病重的时候啊，是在他生命的最后时刻啊，只有自己的亲人才会对你这样呀。

窗外，初春的阳光那样的好，他却不在了，一个那样慈祥温暖的老人不在了。

我想起胡昭先生1990年写给一位逝世诗人的悼诗："也许你躲到什么地方埋头著述去了，不久就会又捧出一部充满活力的新诗。"

我想起胡昭先生1978年悼念他的亡妻的诗："话儿挤在嘴边连不成句，我只能把一捧散碎的泪花捧献给你。"

2004年2月16日匆匆于北京

君子一生总是诗

　　到美国一个多月，国内文坛的消息闭塞，一直到昨天我才听说韩少华去世了。看他走的那天，是4月7日，恰是我乘飞机离开北京的日子，真的是莫名其妙的巧合，心里不觉暗惊，眼前浮现出少华那温柔敦厚的身影，和他的夫人冯玉英大姐，还有他的女儿韩晓征。那是一家多么好的人。

　　少华年长我14岁，我却一直叫他少华，总觉得这样叫亲切。他没有架子，是那种纯正古典派的文人，对于我，他亦师、亦兄、亦友，我们是君子之交，清淡如水，却也清澈如水。

　　我和少华于上个世纪80年代相识，但他的名字我早就熟悉。大约是1962年或者是1963年，我买了一本由周立波主编的那年的散文特写选，里面选有韩少华的散文《序曲》。和如今几乎泛滥的年选本大不一样，那时候编选认真，而且编选者写了认真读后的序言。周立波写下的长篇序言中，特别提到了《序曲》，给予了热情的赞扬和希望。我记住了韩少华这个名字，以后，他所有的散文，我都看过。

　　那时候，我读初三和高一。在描写校园生活的散文中，我喜欢两个人，一个是李冠军，一个便是韩少华。我买了李冠军的散文集《迟归》，整篇整篇抄下了韩少华的《序曲》《花的随笔》《第一课》，每篇散文的题目，都特意用红笔写成美术字。至今还清晰地记得，《序曲》里那个演出前对镜理装心情紧张的舞蹈少女，和那位为少女描眉慈爱的老院长；记得序曲响起，大幕拉开，少女以轻盈的舞步迈进了芬芳的月色中的情景，有些如梦如幻。那时候，我迷上了散文，自觉得和当时一些散文名家的写作姿态不大一样，他似乎更重视散文的意境，更仔细经营散文的叙事而非那时常见的抒情和结尾的升华。他几乎都是用富于诗意的笔触，细腻而温馨地书写生活和情感，我心里猜想，这样的一个人是什么样子的呢？

　　第一次见到他的时候，比我想象中的要高大和英俊。那时候，他已经稍稍发胖。如果在他写《序曲》的风华正茂的年代，应该更是仪态万千。他能唱单弦和大鼓书，我和他一起开过几次会，听过他的发言，我从来没有听过一个作家的发言如他这样，水银泻地，一气呵成，仿佛是对着讲稿一字不错地朗读，不带一个多余的字，充满韵律和感情，还有内在的逻辑。这是他多年教师生涯的锤炼，也是他才华横溢的表征。我曾对他说你的发言不用修改就是一篇稿子。他笑笑摆手。我心想，如果站在舞台上，他就像濮存昕；在讲台上这样漂亮的讲述，只有我们汇文中学的特级数学老师阎述诗（歌曲《五月的鲜花》的作曲者，和少华一样的才华横溢），和他为并蒂莲。

忘记了什么时候，我曾经对他讲起我中学这段学习经历。他认真地听我讲完，笑着对我说那都应该感谢袁鹰和周立波当时对我的扶植和鼓励。然后，他告诉我李冠军是他北京二中的同学，后来到天津当中学老师。接着说，在二中教书的时候曾经收到他寄来的《迟归》，可惜英年早逝。讲完，少华和我都替李冠军惋惜。我一直惊讶二中曾经涌现出那样多的作家，其中在上个世纪60年代校园散文创作我最喜欢的两个人，竟然同出一门，便一直猜想这样两位才子是如何惺惺相惜，又是如何彼此砥砺的。

1990年底，有出版社愿意出版我的报告文学选集。我上个世纪70年代末写报告文学，到了80年代末就洗手不干了，居然还有出版社愿意把我过去十年的报告文学结集出版，对我自然是鼓励。我想得认真对待，便在一次开会的空隙找到少华说起了这事，他替我高兴，说好啊，你应该有一本完整的报告文学选集了。他就是这样一个敦厚的人，没有文人相轻的旧习气或针鼻儿大的小心眼，真心替朋友高兴，如同待他自己的事情一样，特别是对待晚辈，他有真正长兄的气质和心地。我想请他为我的这本书写序，他一口答应下来，说你先编，我一定认真拜读，好好写这篇序，和你一起总结这十年。谁知道，第二年，少华外出讲课归来的途中，在火车上中风，一病不起。

记得那时候，我的好友赵丽宏正从上海来北京开会，我们两人相约一起去新源里少华家看望他。病来如山倒，看到那么一个风流倜傥的人突然倒下，我的心里非常不好受。从他家出来，冷风扑面，我和丽宏都很难过，彼此久久没有说话。

我听说，这突然一病，需要用的一些药不能报销，少华的经济有些拘谨，心情也受些影响，便给当时中华文学基金会的会长张锴写了封信，我知道他们基金会那里有一笔钱，专门帮助作家用的，我希望他能够伸出援手，雪里送炭。没几天，张锴给我回了信，告诉我他已经派人去了少华家，给予了一些帮助。但是，我心里清楚，这只是杯水车薪，是精神大于物质的帮助。我知道，少华为人低调，蜗居一隅，羞于名利，无意争春，只希望能够写东西，写作是他生命存在的方式。我常常想起少华曾经写过的文章，他说建国以后散文的兴旺有两个时期，一为建国初期，一为60年代初期。

他没有想到，在他病倒后不久，即上个世纪90年代后期一直到新世纪初，散文的兴旺远超过前两次。少华病得真不是时候，才58岁，正值壮年，正是可以大展才华的时候，在散文领域里，他绝对是独树一帜而不可或缺的一家。而且，我心里一直悄悄在说，散文的稿费，特别是报纸的稿费，也大大高于以前，起码少华的经济可以更好些。

文坛是个名利场，也是个势利场。都说久病床前无孝子，其实，久病床前车马稀，是世态炎凉和人生况味的凹凸镜。不少文人趋于争官争名争利，不少媒体热衷有新闻价值的新人，而领导们即使偶尔关心作家也只是关心那些年龄老的或头衔带长的，无意冷落于久病病床前的少华，是再正常不过的事情。少华只是一名老师，一官莫名；而年龄处于夹心层；他上下够不着。虽然，后来在《人民日报》《中华读书报》《北京晚报》等报刊上读到少华用左手艰难写出的新作，我替他高兴的同时，知道他的内心一定是寂寞的，是不甘的。我更知道，他心里还装着多少东西没有来得及写而且那么地想写呀！

我一直为少华鸣不平，我认为人们对少华的文学成就一直没有进行认真的评价和总结。在延续上一个时代（即上个世纪60年代）和下一个时代（即新时期之后）的散文创作中，少华所起到的衔接、传承和发展的作用，无人可以企及；特别是在散文创作关于情与思、形与神、诗与文、史与今、浪漫情怀和现实精神等方面，少华都做出了富于前瞻性的努力和探索。

四年前，也是在美国，我在芝加哥大学的图书馆里借到少华写的中篇小说《少管家前传》。以前，我读过他的小说《红靛颏儿》，听他说过这篇，一直没有读过，正好补了课。读后，我非常兴奋，觉得这是少华多年心底的积累，将会是一本写老北京生活的大书。既然有了"前传"，必应有"正传"和"后传"才是。在写老北京生活的小说中，我还从来没有看过写得这样讲究的，每个人物，每个情节，每个细节、每个场景、每句语言……严丝合缝，曲径回环，气象万千。都说少华散文写得好，其实他的小说写得同样漂亮呀。当时，我抄了好多笔记，准备回北京和少华好好探讨一番，甚至想即使他再无法动笔写这鸿篇巨制，可以让女儿晓征帮忙，一起完成。可是，回到北京不久，我腰伤住院半年，出院后总觉得时间还有，也是人懒心懒，把事情拖了下来，便也失去了和少华交流的最后机会。

我想起了少华刚刚搬到崇文区四块玉的时候，在四块玉街口和他巧遇，因为那里离天坛东门不远。他的夫人冯大姐推着轮椅正要带他去天坛，我对他说搬到这里好，离天坛近，可以天天来天坛呼吸呼吸新鲜空气。那天是个黄昏，望着冯大姐推着轮椅走进夕阳的影子里，心里一阵发酸，然后漾起感动和感慨。想想少华一病近20年，都是冯大姐精心照料，事无巨细，所有的苦楚，都悄悄咽进她自己的肚子里。如果没有冯大姐的陪伴，简直无法想象。少华真的好福气。或者说，好人必有好报吧。

记得少华曾经写过一篇《君子兰》的散文，他实际写的是对君子的礼赞和向往，他把君子怀德、君子喻于义、君子不忧不惧，称之为"君子之风"。如今，不要说文坛，整个社会"君子之风"都稀薄得可以了，便让我越发地怀念君子少华。

手头没有别的资料，只有两本台湾版的《读杜心解》，便仿老杜之句，写了一首打油诗，遥寄我对少华迟到的怀念——

　　　病来霜落发如丝，到老少华是我师。

　　　万里悲伤难追日，百年沧桑却逢时。

　　　无痕秋水犹能忘，有伴春山岂可思。

　　　自古文人多寂寞，一生君子总为诗。

2010年5月28日改毕于美国新泽西

冬夜重读史铁生

　　史铁生是去年年底离开我们的。今年这个时候，我的弟弟离开了我。在这种时候，别的书都看不下去，唯有铁生的书常常忍不住地翻看。我是把他们都当作自己的兄弟，十指连心的疼痛，弥漫在纸页间。

　　在《我与地坛》的开篇中，铁生先是这样写了一段地坛的景物："400多年里，它一面剥蚀了古殿檐头浮夸的琉璃，淡褪了门壁上炫耀的朱红，坍圮了一段段高墙又散落了玉砌雕栏，祭坛四周的老柏树愈见苍幽，到处的野草荒藤也都茂盛得自在坦荡。"然后，他紧接着说，"这时候想必是我该来了。"

　　他来了。他去了，又来了。每一次读到这里，我都格外地心动。总觉得像电影一样，在地坛颓败而静谧的空镜头之后，他摇着轮椅出场了。或者，恰如定音鼓响彻在寂静的地坛古园里一样，将悠扬的回音荡漾在我的心里，注定了他与地坛命中契合难舍的关系。当代作家中，哪一位有如此一个和自己撕心裂肺打断了骨头连着筋的特定场景，从而使得一个普通的场景具有了文学和人生超拔的意义，而成为了一个独特的意象？就像陆放翁的沈园，就像鲁迅的百草园，就像约翰·列侬的草莓园，就像梵高的阿尔？

我想起我的弟弟，17岁独自去了青海油田，在他临终前嘱咐家人一定要把他的骨灰撒回柴达木。我庆幸，他和铁生一样都能魂归其所，而不像我们很多人神不守舍，魂无所依。

在史铁生的作品里，母亲是一个最动人和感人的形象。母亲49岁的时候过早地离开了人世后，在《我与地坛》中，有这样两段描写。

一段是——

摇着轮椅在园中慢慢走，又是雾罩的清晨，又是骄阳高照的白昼，我只想着一件事：母亲已经不在了。在老柏树旁停下，在草地上在颓墙边停下，又是处处虫鸣的午后，又是鸟儿归巢的傍晚，我心里只默念着一句话：可是母亲已经不在了。把椅背放倒，躺下，似睡非睡挨到日没，坐起来，心神恍惚，呆呆地直坐到古祭坛上落满黑暗然后再渐渐浮起月光，心里才有点儿明白：母亲已经不能再来这园中找我了。

一段是——

有一年，十月的风又翻动起安详的落叶，我在园中读书，听见两个散步的老人说："没想到这园子有这么大。"我放下书，想，这么大一座园子，要在其中找到他的儿子，母亲走过了多少焦灼的路。多年来我头一次意识到，这园中不单是处处有过我的车辙，有过我车辙的地方也都有过母亲的脚印。

后一段，体现了铁生的心地的敏感，从两个散步老人的一句简单而普通的话语里，涌出对母亲由衷的感恩和悔恨之情。敏感的前提，是善感。也就是说，是海绵才有可能吸附水分，水泥板花岗岩，哪怕是再华丽的水磨石方砖，也是无法吸附水分的，而只能让哪怕再晶莹剔透的水珠凭空流逝。缺乏这样善感的心地与真情，使得不少写作成为搭积木和变魔术的技术活儿，或者化装舞会上和摆满座签的领奖席上花红柳绿的邀宠或争宠般的热闹。

前一段，排比句式的景物中几次慨叹："可是母亲已经不在了。"都会让我心沉重。在这样重复的喟然长叹中，那

和史铁生合影

些景物：老柏树、草地的颓墙、虫鸣的午后、鸟儿归巢的傍晚，以及古祭坛上的黑暗与月光，才一一都有了意义，这意义便是这一切附着上母亲的身影。因此，可以说，地坛是史铁生的，也是母亲的，因有这样的一位母亲而让地坛具有带有伤感无奈却又坚韧伟大的别样情怀。

每次读到这里，我都会忍不住想起铁生在他的《记忆与印象》中的《一个人形空白》里的一段："我双腿瘫痪后悄悄地学写作，母亲知道了，跟我说：她年轻时的理想也是写作。这样说时，我见她脸上的笑……那样惭愧地张望四周，看窗上的夕阳，看院中的老海棠树。但老海棠树已经枯死，枝干上爬满豆蔓，开着单薄的豆花。"

如今，重读这一段，我想起铁生，也想起他的母亲，窗上的夕阳，枯死的老海棠树，老海棠树枝干上爬满的豆蔓，开着单薄的豆花，便一下子都成为了母亲那一刻百感交集又无法诉说的心情与感情的对应物，好像它们就是为了衬托母亲的心情与感情，故意立在院子里，帮助铁生点石成金。这是怎样的一位母亲呀，可以这样说，是母亲的悲惨命运和与生俱来的气质与情怀，造就了作家的史铁生。我坚定地认为，没有母亲，便没有史铁生的地坛。

忍不住，也想起我的母亲。母亲走得太早，那一年，我5岁，而弟弟才2岁。穿着孝服，我牵着弟弟的手站在院子里，院子里没有海棠树，没有豆蔓和豆花，只有一株老槐树落满一地槐花如雪。

由生活具象而思考为带有哲理性的抽象，是铁生愿意做的，也是铁生作品的魅力，更是和我们一般写作者的区别，如同真正的大海一步迈过了貌似精致却雕琢的蘑菇泳池。他便从一己的命运扩大为更为轩豁的世界，而使得他的作品拥有了思想的含量，不像我们的一样轻飘飘、甜腻腻、或皮相的花里胡哨。他爱说人间戏剧，而不是像我们那样自恋得只会舔自己的尾巴、弄自己的发型、扭自己的腰身和新书的腰封。

在《想念地坛》这则文章里，铁生想念地坛里的那些老柏树，他从它们"历无数春秋寒暑依旧镇定自若，不为流光掠影所迷"中，将其品质出人意料地抽象为"柔弱"。他进而说："柔弱是爱者的独信。""柔弱，是信者仰慕神恩的心情，静聆神命的姿态。"他说："倘若那老柏树无风自摇岂不可怕？要是野草长得比树还高，八成是发生了核泄漏——听说切尔诺贝利附近有这现象。"

由老柏树的"柔弱"，他写到世风的喧嚣，他说："唯柔弱是爱愿的识别，正如放弃是喧嚣的解剂。"之所以由"柔弱"写到"喧嚣"，还是要写地坛，因为地坛曾经可以是销蚀喧嚣回归宁静的一块宝地，一个解剂——"我说的是当年的地坛。"他特意补充道。

我不知道弟弟执着地梦回青海的柴达木，是否还是当年他17岁时的柴达木。我只知道他和铁生所说的"柔弱"一样，敏感而坚信唯有那里是"爱愿的识别"，是"喧嚣的解剂"。

在《想念地坛》最后，铁生写道："靠想念去迈过它，只要一迈过它便有清纯之气扑面而来。我已不在地坛，地坛在我。"这两句话，特别是最后一句"我已不在地坛，地坛在我"如一支沉稳的铁锚，将地坛如一艘古船一样牢牢地停泊在新时期文学的岸边，也将思念深深埋在我的心里。

2011年岁末改毕于北京

书中自有忘忧草

——读学者吴小如

　　从美国小住回京，才看到燕祥老师转赠的《学者吴小如》。燕祥老师附信说，此书是吴小如先生的学生所编，今年小如先生整整90周岁了。我知道，燕祥和小如先生交情弥深，且长达60多年。书名便是燕祥所题。燕祥知道我喜欢小如先生的书法，特意转赠此书，并特意在目录上标出特别值得一看的文章。

　　此书收录了小如先生的学生、友人怀念和评述先生的文章。不仅把燕祥标出的文章读完，因为我爱看京戏，曾读过小如先生关于京戏的著作，便将后面有关这方面的文章一一读了。小如先生曾有诗云："书中自有忘忧草"，倒时差夜间常常醒来再也睡不着，索性读这本厚厚的书，倒也真的又解忧又忘记了长途颠簸的疲劳。

　　小如先生学问精深，对于我这样浅薄的人而言，只有高山仰止的分儿。读完这本书，最大的收获，不仅是让我了解先生的学问，更是感知了先生的冰雪精神，赤子之心。尤其看他的少作，特别是对于名家和他的老师的评点，直言不讳，率真而激扬，真是令人格外感喟。因为这样的文字，今日几成绝响。

看他批评钱锺书"一向就好炫才"，说钱虽才气为多数人望尘莫及，但给读者"最深的印象却是'虚矫'和'狂傲'"；他批评萧乾的《人生采访》文字修饰功夫"总嫌他不够扎实"；他批评师陀的《果园城》"精神变了质"，"失败的症结不在于讽刺或谴责，而在于过分夸张——讽刺成了谩骂，谴责成了攻讦"；他批评巴金的《还魂草》拖泥带水，牵强生硬，"100多页的文字终难免有铺陈敷衍之嫌"。

就是自己的老师，他的批评一样不留情面，敢于指手画脚。比如对沈从文的《湘西》等篇，他说道："格局狭隘一点，气象不够巍峨。""作者的笔总还及不上柳子厚的山水记那样遒劲，更无论格古情新的《水经注》了。"对于废名，他直陈不喜欢《桃园》，因为"没有把道载好"，"即以'道'的本身论，也单纯得那么脆弱，非'浅'即'俗'"。

说起少作，小如先生说自己是"天真淳朴的锐气"。燕祥说他"世故不多，历来如此"。我想，这应该就是小如先生的老师朱自清所说过的那种"没有层叠的历史所造成的单纯"吧。学者也好，文人也罢，如今这种单纯已经越发稀薄，而世故却随历史的层叠，尘埋网封，如老茧日渐磨厚磨钝。

我一直以为，只有这种精神存在，文人之文，学者之学，才有筋骨，也才有世俗所遮蔽下独出机杼的发现。只要看《吴小如先生讲〈孟子〉》一书，讲到"无罪而戮民，则士可以徙"时，小如先生立刻联想到马思聪"文革"中秘密出国，此事一直毁誉参半，但读孟子此语可以断言马的无辜。这与一些人讲孔孟，完全熬成心灵鸡汤，不可同日而语。

当然，这样的评点和解读，并非仅靠剔除了世故的单纯和锐气，依托的更是学问的扎实。小如先生讲"治文学宜略通小学"，他提出分析作品的四条原则：通训诂、明典故、查背景、考身世。虽语不惊人，却至今依然是做学问的醒世恒言。

我喜欢杜诗，便特意看他关于杜诗的讲解，果然不同凡响。比如说《夜宴左氏庄》"林风纤月落"一句，他说一定是林风，不能是风林，因为林风是徐来之风，风林是刮大风，破坏了诗的意境。说《醉时歌》"灯前细雨檐花落"一句，"灯"与"檐"的位置不能互换，并举《醉翁亭记》

中"泉香而酒冽",与"泉"和"酒"的前后位置一样。在《兵车行》"车辚辚,马萧萧"一句,同时举《出塞》"马鸣风萧萧",李白的"挥手自兹去,萧萧班马鸣",及"风萧萧兮易水寒",指出同样"萧萧"一词,在训诂、气氛和意境中的不同。

再看他的《京剧老生流派综说》,论及余叔岩和谭鑫培,指出余对谭有超越;论及马连良和孟小冬,指出马的继承和发展,而孟则恪守师承。说得客观而深刻,都是行家的知味之言。论及杨小楼的孙悟空,他说杨把悟空演成了一个仙人,一个超人,基础在于人性,而不像有些人只是模仿甚至是模仿动物的缺点的皮毛之相。论及梅兰芳的《奇双会》,他指出中国传统悲剧的特点与西方戏剧的不同,在于是蕴藏在喜剧之中,是深藏在背后的悲剧。

无论杜诗,还是京剧,说得让人开眼界。随手举出的例子,拔出萝卜带出泥,清新、细致,而连根带须,又汁水淋漓,脆得嘎嘣响。如同小如先生在论述朱自清时说的"往往能把顶笨重的事实或最繁复的理论,处分得异常轻盈生动。"这样的本事,来自智慧和锐气,来自襟度和眼光,更来自学问,方才能够寸心未与年俱老,始终保持鲜活的生气。

说起学问,想起小如先生曾经说过这样的一段话:"再有些人，虽说一知半解，却抱了收藏名人字画的态度，对学问和艺术，总是欠郑重或忠实。"对于今天的学术、艺术，或作家与作品，这段话依然有警醒的意义。对待上述的一切，我们确实是"抱着收藏名人字画的态度"，有些谦卑，有些妄想，有些世故，有些自己的小九九，有些膝盖发软，只是没有一点脸红。

　　谨以此薄文为小如先生90岁寿。

2012年7月24日于北京

听吴小如讲杜甫

在杜甫诞辰1300年的日子里，读吴小如先生的新著《吴小如讲杜诗》（天津古籍出版社2012年9月版），快意、惬意，且会意。

关于杜甫的诗，我只读过仇兆鳌的《杜诗详注》和浦起龙的《读杜心解》。与之相比，吴小如先生的新著，比仇著要简约爽朗，比浦著要翔实厚重，更重要的，是带给我们对杜甫解读新的见解和路径。全书一共15讲，每讲精心挑选几首，却拔出萝卜带出泥，勾勒出杜甫的一生以及杜甫所处的动荡年代，是以诗带史，将诗穿心。

小如先生讲杜甫时最讲究的方法之一，是"对读"。大概如小如先生所说："现在我们讲诗歌缺乏比较。"便格外着重于这一点。"对读"，就是比较。在这本书中，"对读"的方法，不止一种，风姿绰约，我最感新鲜且收获颇丰。

以杜诗"对读"杜诗，是小如先生运用最多的方法，见其治学的精到和别出机杼。《登岳阳楼》对照《江汉》；

《醉时歌》对照《饮中八仙歌》；《秋兴》中"同学少年多不贱，五陵衣马自轻肥"，对照《狂夫》中的"厚禄故人书断绝"；《房兵曹胡马》对照《画鹰》，真马如画写其神，画鹰鲜活写其真；《登高》对照《白帝》，"前半截写景，气势很壮，但后面写得很惨"，在讲"万里悲秋常作客，百年多病独登台"，离乡万里——又赶上秋天——多年在外漂泊，这样三层倒霉的意思时，又带出《宿府》，指出"永夜——角声——悲自语，中天——夜色——好谁看"，也是三层意思层次递进……

最精彩的是将《丹青引》《观公孙大娘弟子舞剑器行》和《江南逢李龟年》三首一起对读。一位画家，一位舞蹈家，一位音乐家，都是昔年身怀绝技，都是如今和杜甫一样沦落天涯，三人的遭际命运，和杜甫互为镜像，写不尽的沧桑之感。在这样的对读之中，诗与人一并立体感强烈，分外令人感喟。

以杜诗"对读"他者，也是小如先生爱用的方法，见其学问的广泛和触类旁通。"美人为黄土，况乃粉黛假"（《玉华宫》），对照辛弃疾"君不见，玉环飞燕皆尘土"，指出辛词是化杜诗而来；"茂树行相引，连山忽望开"（《喜行达所在》），对照孟浩然"绿树村边合，青山郭外斜"，指出孟是从城里到乡村，视野开阔，心情开朗，杜是从长安走小路跋涉之后快到目的地才眼界大开，走路艰难，两厢心情大不相同；"花重锦官城"（《春夜喜雨》）的"重"，对照白居易"鸳鸯瓦冷霜华重"和陆游"雨余山翠重"的"重"，指出此处的"花重"是花开的繁茂而不是被雨打湿得耷拉下来……

特别讲到陶诗闲适风格时，将杜甫与王孟韦柳相比照，说王维是"阔人的闲适"，孟浩然是"老有点儿浮躁的成分"，韦应物和柳宗元与陶诗也有距离，"反而是杜甫入川以后、刚到成都写的几首诗，倒和陶渊明的感觉特别接近"，因为杜陶二人都是生活贫困，又豁达乐观；都有忧患意识，并不纯粹闲适；都有真感情；分析得丝丝入扣，令人信服，而且将一贯认为杜诗沉郁的风格拓宽，进行多样化的展示。

以杜诗"对读"京戏，是书中涉笔成趣最有意思的部分。由于小如先生酷爱京戏，所以常常可以在讲解杜诗时手到擒来，顺便讲起京戏，挂角一将，作一番生动的比附和相互映照。比如，讲杜诗沉郁顿挫风格时，小如先生讲起四大名旦之一程砚秋，说"程腔是有顿挫，但无棱角，如果顿挫出现了棱角，说明演唱底气不足"，然后指出顿挫是"一层深似一层，但不要让人看出斧凿的痕迹，不要让人觉得你拐弯儿"。接着进一步指出沉郁和顿挫的关系，沉郁是指内容，顿挫是指表现，只见棱角，没有发自内心的东西是不行的，"把灵魂深处的东西都表达出了，这就叫'沉郁'"。

再比如，讲《赠卫八处士》结尾两句"明日隔山岳，世事两茫茫"，小如先生讲起程砚秋演出的京戏《红拂传》最后一句唱"此一去再相逢不知何年"时说："剧情是一个饮酒的欢娱场面，舞剑助兴，舞完了，就是这一句，红拂内心的话说出来了。这不就是杜诗的'世事两茫茫'吗？""这两句的思想感情，与程砚秋的戏的最后一句一样，越琢磨越深。"如此别开生面的讲解，让纸上文字风生水起，和舞台表演一样赋予了形象和声音一般，是任何人讲杜诗都未曾见过的景观。

当然，这本书的内容很丰富，比如，细微之处的深入浅出和真知灼见，还有幽默，都是格外难得的。讲《月夜》"何日依虚幌，双照泪痕干"，小如先生讲"什么时候，回到家，拉上窗帘，我们夫妻团聚，'妻孥怪我在，惊定还拭泪'，难免要悲伤，在月下，我们都哭了，哭着哭着，又转悲为喜，所以是'双照泪痕干'，这五个字里蕴涵了多少意思！"讲得真的是平易，又情感蕴藉，般般情景，如状目前。讲《蜀相》头两句"丞相祠堂何处寻,锦官城外柏森森",仇注认为是自问自答,小如先生指出是诸葛亮在杜甫心目中位置崇高,杜甫一到成都就迫切去参谒武侯祠,"可绝不是普通的打听道儿怎么走,那就不是诗了",讲得新鲜别致又切实熨帖。讲《赠卫八处士》"共此灯烛光"一句,小如先生说:"我们在一盏灯烛光下见面了,很有味道,要是'共此太阳光'就没意思了。"讲得令人忍俊不禁。

书中有一则逸事很有趣,小如先生讲他父亲吴玉如先生当年讲课时测试学生文学智商,试卷有这样一道填空题:一叶落( )天下秋,填"而"字满分,填"知"字及格,填"地"字不及格。"而"是虚词,有想象空间;"知"是实词,太实了;"地",叶子不落在地上还落在天上吗?太糟了,肯定不及格。这是这本书的额外赠品。在杜甫诞辰1300年的日子里,诗离我们是越来越近,还是越来越远?不必让所有人都做这个填空题,只是让我们自称的文化人填一下空即可,一叶知秋,便可测试出如今我们共有的文学智商、文学欣赏与接受程度的水平。

2012年12月4日于北京

无爵自尊贲园书

成都和平街是三国时期就有的一条老街，表面上看来波澜不惊，里面却别有洞天，所谓包子有肉不在褶上。

这条街上有三国蜀将赵子龙的故宅，故宅处有赵子龙战罢归来的洗马池，成都人管池叫做塘，所以这条街最早叫做子龙塘街。早听说洗马池之东，原来有一座颇大的花园，叫景勋楼，是清雍正年间四川提督岳钟祺的宅第。其名声与洗马池齐。民国之初，一代富甲天下的大盐商严雁峰，买下景勋楼，于1914年至1924年，历十年之久翻建成新园，取名为贲园。这期间，严老先生于1918年仙逝，由其子严谷孙继续造园。算一算，那一年严谷孙年仅19岁。父子两代的共同努力，将岳府改造成新型的四进院，这种四进院不是北京传统四合院的格局，气派和占地更要大得多。据说每一个院落都自成一格，不仅房间多，并都有自己花木扶疏的大花园。听老人介绍，说这里最显眼的是修竹、银杏和桂花树，一年四季都绿荫蓊郁，花开不断。

　　园子最后面亦即当年岳家景勋楼的旧址上，建成最负盛名的"贲园书库"。有人说贲园取其"贲"字"气势旺盛、高起来"之意，其实，严雁峰别号贲园居士，在我看来，贲园就是自家书库而已。

　　和我们如今一些富商有钱就豪赌，或豢养"小三""小四"，或投资时髦的足球与电视剧不大一样，严雁峰钟情于图书，有钱投在买各种珍本善本的书籍上，是一名名副其实的藏书家。在建贲园之前，他曾于光绪二十年（1894年）入京，以巨资购进大批古书，装运四川；途经西安，见有人藏

贲园

书出售，虽要价不菲，也不惜重金，倾囊而出，全部收进。一时豪举传为美谈。

可能是老天要给我一些补偿，那天，我去和平街寻洗马池未果，偶然听说贲园尚在，颇为兴奋。毕竟历史未曾完全如烟飘逝殆尽，便误打误撞闯进了贲园。

如今的贲园已经成为图书馆的宿舍，一片简易的矮层居民楼，立在那片曾经藏龙卧虎之地。走进不大的铁门，沿着一条干净的甬道走进去，甬道几十米，不长，但两旁的楼铺展展，想当年肯定是左右轩豁，所谓口小膛大，腹内可撑万里船。

甬道尽头，被一扇铁栅栏门挡着，进不去了。隔着栅栏，可以看见正在修缮中的一扇月亮门，门脊上的瓦还没有盖全。隔着月亮门，有大树遮掩，依稀看见有灰色的小楼隐现，想那应该是贲园的藏书楼了。可惜，折回大门前的传达室，不论如何说想一览藏书楼的芳容，就是不给钥匙开门，只说需要听省图书馆的指示。

没有办法，第二天一清早找到省图书馆的馆长，才终于走进藏书楼。没有看见月亮门楣上雕刻着两个篆字"怡乐"。据说，贲园里这样的题字颇多，最有名的还有严雁峰自撰请于右任书写的一副对联："无爵自尊，不官亦贵；异书满室，其富莫京。"更是黄鹤不知何处去了。但是藏书楼上嵌着"书库"的隶书横匾，虽然斑驳，却清晰在目，留下岁月的一点物证。

楼前的小院，远没有我想象中的大，想以前读书曾经看到对贲园书库的介绍，说是"书库建在花园中"。那么，该比眼前的园子要大，要漂亮才是。藏书楼正在重新维修，院子里一片狼藉。但藏书楼两侧各有一棵高大的银杏树，像是以前留下来特意陪伴藏书楼的，百余年来，算得上了为藏书楼红袖添香的知己。

藏书楼二层的建筑风格中西合璧，墙体灰砖磨砖对缝，近百年依然很结实，那时候的工艺不欺岁月和人。月亮门设于楼正中间，门楣之上房檐和整座楼的房檐，都是灰鱼鳞瓦铺盖，典型中式。但门顶上是阳台，和门两侧对称的窗，尤其是二层窗上拱形券式的装饰，是清末民初西风东渐时洋味儿的四溢。

走进楼里，光线幽暗，地上遍布施工的杂物，楼梯还在，楠木地板还在，只是楼下楼上一样空空如也，面积并不大，两层也就200平方米左右，真难以想象当年严氏父子那30万多册的藏书济济一堂，是如何藏下的。据说，墙的四壁有通气孔，每扇窗前有气窗，可使空气流通，温度稳定，可惜我不大懂，未加仔细观看。还据说，书架书柜全是楠木、香樟。书库内对虫蛀、水沤、霉烂、发脆、脱页、断线等均有良好的预防设施，常年雇人在此翻书，防止虫蛀、水沤、湿气浸润，避免书页生霉、发脆，才完好地保护了这30万册藏书，其中包括宋版孤本《淮南子》《淳化阁双钩字帖》，及明"马元调本"珍版《梦溪笔谈》，这样珍本善本的书籍就有5万册，一直到新中国成立后才得以全部捐献给国家，确实不容易。严雁峰老先生曾告诫儿子说："读书难，藏书尤难，藏之久而不散，则难之难矣。"只要想这多年来，历经战乱，严家将藏书全部装箱，分藏于大慈祠和龙藏寺，十余年后战火平息再搬回藏书楼，所历经的周折，便会感慨更不容易。可惜，这一切更是无法亲眼目睹，只能遥想当年。

如此功能齐全又藏品丰富的民间藏书楼，难怪被称为成都的"天一阁"。来成都的文化名人，几乎无一不来贲园一亲书香，去看书库挂墙汉刻，插架明版，去和主人诗吟唐宋，谈慕魏晋。来过的人可以数出糖葫芦般一长串，其中最为成都人热衷的是张大千。抗日战争中，张大千来成都，住严谷孙家，贲园书库对他开放，同时，因张大千家属及随行弟子、侍从，一行迤逦有40余人，严谷孙还为他准备了20多间房屋居住。据说，张大千还养有老虎、猴子和藏獒等一列动物，每天所吃的大量肉食，也都是严家花费。这且不说，严谷孙还将院侧客厅改建成画室，特做一张巨型楠木画案。张大千在严家一住两年，其一丈二尺玉版宣画成的《西园雅集园》，大幅泼墨荷花，《杨妃戏猫图》，均在这上面挥洒而就，并在文庙后的成都女子师范学校展览。日后，张大千到敦煌临摹壁画，回成都举办敦煌画展，包括来往路费等所有费用，都是严谷孙出资，为此，严谷孙不惜变卖了自家的家产。如此仗义疏财，皆因严谷孙和张大千同气相求，都属于大气象之人。

严谷孙先生于1976年去世，终年77岁。站在沧桑的贲园藏书楼前，想念这位可敬的老先生，他和他的父亲真的做到了是无爵自尊，不官亦贵，支撑着他们这样尊贵品性的，是书。或者说，是如今我们爱说的文化。

不知道是不是我的奢想，不仅让藏书楼重见天日，也能让贲园整体恢复旧貌，这样不仅可以让这里成为一座公园，同时也可以让藏书楼重新立于花园之中，让书香随花香一起飘荡得更远。

2012年3月于成都

花之语

　　艺术家，从来分幸运和不幸两类。一般而言，过于幸运，对于艺术家会是腐蚀剂；艰难困苦，玉汝于成，从另一方面则会让艺术家因不幸的磨难而将艺术之路走得更远些。

　　庞薰琹先生属于这样一类的艺术家。

　　庞薰琹先生是我国老一辈的油画家，年轻时和徐悲鸿、常玉等著名画家同时期到法国巴黎留学，学习油画，并与他们齐名。他可谓学贯中西，有着西画和国画的双重实践，并对于服饰装潢有着独到造诣的艺术家和工艺美术教育家，新中国成立后，曾首任中央工艺美院副院长。不过，庞先生命运赶不上徐悲鸿，1957年被打成右派，撤销了他的中央工艺美院副院长的职务，降两级的处分，在清华大学万人和工艺美院千人批判大会之后不久，他的妻子也是我国老一辈油画家丘堤去世了。从此，他沦落为打扫厕所的清洁工，开始了他孤独人生，度过他人生最艰难痛苦的时期。

　　晚年的庞薰琹先生写过一本自传，其中有这样的两行字："1964年。画油画:《紫色野花》。花是从花店地下捡回几枝被弃的烂的花,取其意进行创作的。"

　　面对这两行字,我读过好多遍,每读一次,心里都发酸。"地上""被弃""烂花",这样三个紧连在一起的词语,呈递进的关系,犹如电影里的一个由远推近的特写镜头,让我看到这样几枝萎顿的残花败叶,一点点地彰显在眼前而分外醒目。这样在花店不值一文钱的花,这样在一般人眼里不屑一顾甚至会不经意踩上一脚的花,对于一个画家,特别是在失去了创作的机会却渴望绘画的敏感的画家,却是如获至宝。庞先生将这样"烂的花"称之为"野花"。他以自己的创作,赋予了这样路边拾来的花以新的生命。野花,可以被抛弃,被遗忘,被鄙夷,但却也可以充满旺盛的生命力,慰藉自己,并慰藉他人。

　　一个著名的画家,又重回年轻窘迫的巴黎留学时光,没有钱,更没有机会,可以让他面对鲜花写生创作,而只能从花店地下捡几枝被弃的烂的花回家,悄悄地写生创作。很长一段时间,我的脑子里都浮现这个画面,总忍不住想象那一天庞先生从花店门口经过,偶然看见了店门口这几枝零落的残花。不知道,那一天是黄昏还是清晨;不知道,庞先生看见了花之后,想上前去捡时是有些羞怯,还是没有丝毫的犹豫。我想，如果是我，首先，我会敏感地注意到地上落着有花吗？即使是凋败却依然美丽的残花吗？其次，我会有勇气不怕别人的冷眼甚至呵斥，上前弯腰拾起花来吗？

也许，这正是庞先生区别于我们的地方。他以一名画家对美的敏感，对艺术的渴求，对哪怕是艰辛生活也要存在于心的希望，才会看到我们司空见惯中被零落被遗弃甚至被我们亲手打落下的美好的东西。他才能和这地上的残花有了这样意外的邂逅。

同时，他毕竟会画画，画画是他的本事，更是他的追求。什么时候，任何人，都无法剥夺他手中的画笔，他可以用他特有的方式让活下去有了勇气和信心，让绘画不仅仅属于展览会或画廊乃至画框，而属于生命。因此，这样的邂逅，便不只是同病相怜，而是一见倾心，是彼此的镜像。他才赋予那地上的败花以紫色这样高贵的色彩。

晚年的庞先生画了大量的花卉，《鸡冠花》《美人蕉》《窗前的白菊花》《瓶花》都被中国美术馆收藏，67岁生日之作《瓶花》还曾经参加巴黎美展。这和他前期巴黎时重视人物与景物的现代派风格浓郁的画作大不相同。不知道别人会如何解释这一现象，我以为这和1964年他在花店的地上捡回几枝被弃的烂的花，有着密切的关系。从那时以后，他似乎心更加柔软缠绵，甚至他路过崇文门花店看见地上的几朵无人问津的草花，也花了几角钱买回来，放大作画。在经历了颠簸的人生与沧桑的命运折磨作弄之后，他反越发孩子一般对比他更弱小而可怜的草花予以关切，除了他本身的艺术气质之外，就是他不易操守，不改初衷，依然保持着年轻时候就有的对于生活的真诚和对美的向往，以及不会被磨折和泯灭的信心。

每当我想起庞先生的这幅画，总忍不住想起法国作曲家拉威尔曾经作过的一支叫做《花之语》的乐曲，曾经是芭蕾舞曲，又曾经被改编为管弦乐曲。如果花真的能够说话，我相信，这幅《紫色野花》便是庞先生最好的心曲。拉威尔将这支《花之语》又取名《高贵而动情的圆舞曲》，我想这名字和庞先生正相吻合。庞先生把那野花画成了紫色这样高贵的色彩。拉威尔的这支曲子，是这幅画最好的背景音乐。

2012年11月14日于北京

艺术之光在哪里

新年伊始，开春以来，最值得一看的展览，莫过于现正在中国美术馆举办的"耕耘与收获——吴冠中捐赠作品展"。

此次展览，展出了吴冠中先生捐赠给北京、上海和新加坡三地公立美术馆的作品中的180余件艺术珍品，可以让我们一饱眼福。作为我国当代美术的代表人物，吴冠中先生打通国画和油画两界，让抽象和具象风云际会，融传统与现代于一身，坚持艺术家内心的情感世界高于笔墨形式，横亘新中国60年历史，创造出如此丰厚的艺术佳作，自是非常值得观赏的，是不可多得的艺术盛会。

更为值得我们钦佩和思索的，不仅是吴先生精湛的艺术造诣和丰盛的艺术成果，还有他的人生境界。他早就表示过要把自己最好的作品都交给国立美术馆保藏，而不卖给私人收藏家。他说这样才有可能让自己的画为后来人欣赏。此次画展，便是吴先生言行一致的实践，是吴先生艺术和人生相互辉映的展示，是他情感世界的外化和延伸。这些美妙的作品因没有卖给私人收藏家，而都捐赠国立美术馆，方才能够让我们大众如今得以观看和感受一位艺术家走过的情感与艺术历程。

都说盛世收藏，但毋庸讳言，近年来我国的收藏热，和房地产热异曲同工，都存在着大量的泡沫和人工制造的虚热，发展有些畸形。在市场和人为炒作双重作用下，甚至国外一些文化商人的运作下，收藏成为投资的同义语，拍卖行里的不断翻新看涨的天价，让一些人误以为艺术品真的成为了阿里巴巴的魔宝，可以迅速变现金钱。到处闪烁的不再是艺术的光芒，和人们对于艺术需求渴望升华的心灵之光，而是财富耀眼的金碧辉煌，是对于艺术作品和艺术家攫取的贪婪目光。甚至早已经有人膨胀的预言：20年后，中国艺术家的行情将比安迪·沃霍尔的价格还要高。如此，越发激发了人们投资艺术品，如同投资房地产一样，聚集着发财的勃勃欲望，艺术品的价格成为了股票看涨的指数，牵动人们心的不再是艺术给予我们的情感陶冶和升华，而是不断升值的金钱与欲望的诱惑。艺术品市场近乎疯狂的表演，让我们想起逝去并不久远的疯狂的君子兰。当发财的欲望膨胀于理智之上的时候，我们便很容易遗忘，记吃不记打。

　　于是，艺术品被视为商品，艺术家被当成明星，两者都被绑架为已经在艺术品市场上狂热受众发财梦的最有价值的"符码"。这种"符码"的意义，不是指向心灵和艺术，已经越来越和金钱挂钩，越来越偏离艺术本身，赝品和烂货便畅行无阻，甚至连带挖掘而出的其他附属的衍生产品，铜臭味越来越重，不断使其利益最大化，厚颜无耻地展示着艺术丑陋的一面。人们误以为某些艺术家所标榜的，拍卖行所拍卖的，市场上走俏的，媒体上频频露面的，就是真正的艺术品；以为画的价格和艺术水平理所当然地成了正比。

　　美国学者戴安娜·克兰教授在她的《文化生产：媒体与都市艺术》一书中曾经说过："工艺品产生于个人阶级的文化世界，而艺匠的作品产生于中产阶级的文化世界。"克兰进一步指出，后者的文化世界则是以赢利为目的的。

　　此次"吴冠中捐赠作品展"的意义，正在这里。无疑，吴先生清醒得很，他不站在如今已经有了钱而附庸风雅的中产阶级的文化世界那一边，而坚定地站在了大众的文化世界这一边。他不愿意将艺术沦为金钱的奴隶和帮凶，他不愿意在物欲横流之中将圣洁的艺术玷污，他不愿意做艺匠，将自己的作品仅仅成为卖了个大价钱的宠物或摆设，只能悬挂在中产阶级乃至富豪的私人客厅，或囤积居奇于他们的仓库，等待着日后发财的机会。他希望将自己的作品和心一起奉献给国家和人民，奉献给真正的艺术。这是一个艺术家值得尊敬的良知和操守，值得敬仰的品格和境界，他以他质朴而决绝的个人行为，给予我们目前乱花迷眼鱼龙混杂的艺术品市场内外的人心与欲望，以清心明目，醒人警世的作用和意义；他让我们在这个春天里感受到了艺术与心灵明媚的春光。

我不禁想起200年前，老年的音乐家海顿在维也纳观看他的清唱剧《创世纪》，看到"天上要有星光"一节时，忍不住从座位上跃起，指着舞台高喊：光就是从那里来的！如今，我听到了另一位艺术老人的呼喊。我们太需要艺术之光和心灵之光的照耀，而让我们能够清醒和清正一些，心澄思澈，守己律物。

我们的心中，实在应该不仅仅只有物质的光芒闪烁，而能够更有精神之光的照耀。这样，才会让我们的心不至于过早地萎缩成一枚干瘪的话梅核。

2009年3月3日于北京

刻进时代里的艺术

去年9月底，木刻家彦涵先生逝世的时候，不知怎么搞的，我立刻想起曾经在国家大剧院里看到他的作品展览，总觉得好像就在眼前，刚刚过去不久。回家一查，才知道，那是2010年国庆节的事情，已经过去了一年的时间。那一次题为《彦涵从艺75周年作品展》，120余幅作品，是彦涵先生一生的回顾，他将自己最后的足迹留在了国家大剧院。

在我的印象中，除了2005年在中国美术馆举办过彦涵先生90岁回顾展之外，这么多年再未有过先生的展览。作为我国老一代版画家硕果仅存的代表人物，和如今流行的一些在拍卖会上动辄就能卖出令人瞠目高价的画家而言，人们特别是一些年轻人，对于彦涵这个名字显得有些陌生。虽然有国家大剧院为他举办他一生最后一次的回顾展，彦涵先生也投桃报李将自己《豆选》等不同时期的十幅代表作捐献给了国家大剧院，但是，知道此事并观看这次展览的人毕竟有限。我在国家大剧院观看彦涵先生这个版画展的时候，偌大的展厅里，稀疏零落，几乎没有几个人。禁不住想起同年夏天在美国费城观看同样老年的画家《晚年雷诺阿》的画展时人头攒动的情景，两相对比，感到曾经是那样为普罗大众倾心创作的彦涵先生，面对而今大众的冷漠，对于他本人而言多少是比较寂寞的。其实，艺术世界的审美标准和艺术市场的价值系统，如今是极其混乱的，人们误以为某些艺术家所标榜的，拍卖行所拍卖的，市场上走俏的，媒体上频频露面的，就是真正的艺术品；以为画的价格和艺术水平理所当然地成了正比。

在这样的文化背景之下，我以为对于彦涵先生在中国版画领域里的艺术成就，一直没有得到认真深入的研究、评估和推介。在中国现当代美术史上，再没有比版画更和时代密切相关并交融的艺术形式了。在鲁迅先生介绍了柯勒惠支、麦绥莱勒等一批外国直逼人心与现实的版画，倡导并给予极大希望的中国新兴版画运动之后，中国版画的创作，一开始就介入现实，投身时代，镌刻历史风云，激发民心民情，起到的迅速的先锋作用，特别是朴素直接的线条与画面，和大众最为贴近而且最容易起到的呼吸相通的作用，是其他美术形式无可匹敌的。一部中国版画史，就是中国现当代用粗犷线条勾勒的历史缩影。客观地说，这部版画史是国统区和延安解放区版画家两股力量合流而成的合力，完成的共同书写。彦涵先生是活得年龄最长的版画家，也是延安解放区版画的元老级的人物代表，是中国版画的先驱和奠基人之一，研究并能重新评价他的版画成就与实际地位，特别是他的作品和时代的关系，对于梳理中国版画史和美术史，以及面对新时代中国版画的发展前景与价值，是有着重要的意义的。

彦涵先生一生横跨战争、和平，以及反右和"文革"的动荡年代，又大难不死枯木逢春适逢变革的新时期，几乎找不到几位和他一样经历了这样多时代更迭的画家了。更重要的是，在这样几乎横跨中国跌宕百年史的各个时期，彦涵先生都倾心且切肤亲历，并都有优秀的作品留世。即便在1957年他被冤打成右派的时候，如此艰难潦倒的情境下，他依然没有放下他的笔和刻刀。看他1957年的《老羊倌》，那羊和人彼此相依，温和又带有一点忧郁的神态，什么时候看，都让我感动，那是在逆境中一位艺术家的心境，对于这个已经错乱的世界，是那样的气定神闲，云淡风轻，脚跟和老羊倌一起还扎实地紧接着地气。因此，可以说，彦涵的版画作品，就是中国现当代版画史和生活史的缩写版和精装版。

只要看看他的作品，我想人们会觉得这样的评价并不为过。抗日战争期间，《把抢去的粮食夺回来》《敌人搜山的时候》，还有在美国出版被美国人带到"二战"战场上去鼓舞激励美国士兵的木刻连环画《狼牙山五壮士》，记录那个烽火连年硝烟弥漫的时代，他以自己的笔融入世界反法西斯战争的洪流中。无疑，这是先生创作的鼎盛时期，他以自己的作品记录那个时代，同时也记录了自己的艺术生涯的轨迹和心迹。同时，还非常重要的，是他的作品一开始不仅和世界的反法西斯运动密切联系一起，而且和当时世界的版画艺术的勃兴和发展同步，可以明显地看出和柯勒惠支、麦绥莱勒作品的传承与呼应的关系，其艺术的先锋姿态，是其他绘画形式不可比拟的，即便是徐悲鸿的油画，当时师从的也是19世纪的油画艺术。

特别是一幅《亲人》的作品，记录了战争胜利的前夕一位八路军战士回到家乡，在窑洞里和亲人们相见的情景。在这里，亲人的关系是相互的，情感是交融的，那画面中间的老妈妈和下面的孩子，在黑白简单的刻印中，滚烫的感情是那样的可触可摸，即便那个仰着脸的孩子只是一个背影，看不见表情，但依然能够让人感到那激动的心在怦怦地跳。那种粗犷线条中的细腻情感，既是相互的对比，也是彼此的融化，是战争亲历者才能够体味得到的情感，才能够将那生活的瞬间定格为艺术的永恒。看这幅木刻的时候，总会让我想起孙犁先生的小说《嘱咐》，也是写战士从战场上风尘仆仆归家探望亲人，温暖和感人至深的相会后，亲人嘱咐他上战场好好打鬼子，替亲人报仇雪恨。孙犁先生的小说是这幅木刻的画外音，可以互为镜像。

解放战争期间，《豆选》无疑是彦涵先生的代表作，即使事过近70年后的今天再来看，依然会感到先生的艺术敏感，他选择了豆选这样富于生活和时代气息的细节，完成了历史变迁中的宏观刻画，真有种举重若轻的感觉。再看他解放初期的大型套色木刻《百万雄师过大江》，则记录了一个新时代的诞生，依然是倾心于宏大叙事，却以粗壮线条和饱满色彩的交织中，完成了他自己艺术的变化。"文革"期间，他的那幅因树根过于粗壮被认为反动势力不倒而被打成黑画的《大榕树》，则记录了那个最为动荡年代暗流涌动的心情。而同在那个时期，他为鲁迅先生小说所作的系列插图，依然选择黑白木刻，颜色对比鲜明且有些压抑的画面，是他借鲁迅小说浇自己胸中块垒的曲折演绎。粉碎"四人帮"，他的《春潮》《微笑》等作品，则记录了那个拨乱反正时代，前者是那个时代的象征，后者是那个时代的表情。我尤其喜欢《微笑》，先生选择的是少数民族的姑娘和吊脚楼，充满整个背景空间的芭蕉树，枝叶交错，铺天盖地，几乎密不透风，但借助黑白木刻故意刻出大量的留白，又由于芭蕉树叶随风灵动摇曳，让那黑白相互辉映且富有动感的线条，舞动得如同满天的礼花盛开。

一直到先生的晚年，笔依然紧随时代，2003年非典病情风行蔓延之际，他有《生命的卫士》，对白衣天使有由衷的礼赞；2008年汶川地震，他又有《生死关头》，对生命和民族相连的血脉之情有至高无上的咏叹。这是他的最后一幅作品。想想，那一年，他已经是92岁高龄。因此，他可以无悔无愧地将自己曾经讲过的话再说一遍："反映时代每一次历史时期的重大变化，人民的苦难斗争和他们的梦想，成为我创作的主题思想。"他说到做到了。在中国美术史起码在中国版画史上，由于年龄和其他阴差阳错的种种原因，没有一位画家能够如彦涵先生一样如此长久地将自己的心和笔如船帆一样随时代潮流而起伏，并始终随这流水一起向前涌动，潮平两岸阔，月涌大江流。

看他的作品，让我总会有一种感觉，是那种历史的流动感觉，在他的作品的画面中，也在我们的身边。他的作品，特别容易勾连起人们的回忆，既是属于历史与时代的回忆，也是属于美术的回忆；连缀起来的，既是属于历史的画卷，也是属于他个人的画卷。他始终站在现实和艺术的双重前沿。即便是黑白木刻中简单的两色，便也显得那样的五彩缤纷；又由于是木刻线条的分明，更显得是那样的棱角突出，筋脉突兀，如森森老树，沧桑无语，有种归来沧海事，语罢暮天钟的感受，弥漫在画面内外。

晚年，彦涵先生曾经进行变法，以抽象的线条和色块探索人性和艺术另一方天地。尽管这种探索难能可贵，但在我看来，这一批作品还是不如以前的特别是早期的作品画风爽朗醒目，更能够打动人心。在质朴干净的写实风格中，充分运用粗犷的刀工，挥洒最为直率的黑白线条，挖掘并施展极简主义的丰富艺术品质与内涵，是那样的直抵人心，那样的引人共鸣，使得雅俗共赏，让时代留影，让历史回声。这是彦涵及其那一代版画家共同创造的艺术奇迹，是他们留给我们的宝贵遗产。探索版画新的发展，不仅需要前沿的眼光和新颖的技法，同时也需要回过头来仔细寻找前辈的足迹，不要轻易地将其当做落叶扫去。

彦涵先生的作品，无论是早期的写实主义还是衰年变法后的抽象主义，作为老一代画家对于新生活真诚的投入，对于艺术的内容与形式创新的渴望，依然是今天物质主义盛行、市场主义泛滥、拍卖价格至上的美术现实世界所欠缺的。彦涵先生用他的一生的追求给予我们的启示，正在于让我们努力像他一样，剔除非艺术的杂质，用我们真诚而新鲜的笔墨挥洒今天的新生活，几十年过去之后，也能够为我们的后代留下和他一样的作品，丰富共和国历史的生活记忆和美术记忆。

古人曾说：小景可以入画，大景可以入神。在彦涵先生逝世周年的日子里，重新观赏彦涵先生老一代画家的这些作品，应该给予重新的认知和评价，让我们也和彦涵先生笔随时代一样，有意识地努力，把小景和大景融合在一起，让我们的作品也能够既可以入画，又可以入神。

2012年4月15日于北京

雕塑上的风云

　　到成都，找成都最有名的雕塑《无名英雄塑像》，和王铭章将军的塑像。都是刘开渠先生的作品，前者创作于1944年，后者1939年，后者是成都也是全中国的第一座城市街头的雕塑。马上就到了刘开渠先生逝世20周年的日子了，这样的寻找，更有意义。幸运的是，这两座雕塑都还在。落在雕塑上，有我的目光，更有岁月的风云，和雕塑本身所沉淀下的感情。

　　有时候，会想，一个艺术家和他所创作的作品之间的关系，带有极大的偶然性，就像一朵蒲公英，不知会飘落何处，然后撒下种子，在某一时刻突然绽放。如果不是历史的风云际会，让刘开渠和成都有了一次彼此难忘终生的邂逅，在成都的历史，乃至在中国的雕塑史上，会出现这样具有划时代意义的雕塑吗？

　　1938年的冬天，雕塑家刘开渠从杭州辗转来到了阴冷的成都。那时，是他从法国回国的第五个年头。日本侵华之后，国内的风云动荡，也动荡着刘开渠的心，他中断了在法国已经专攻六年的雕塑学业，毅然提前回国。那时候的年轻人就是这样怀抱着一腔火一般炽烈燃烧的爱国热血。回国后，他在杭州的国立艺专任教。"七七事变"之后，他随艺专转移到大后方，来到了成都。艺专接着又转移到了昆明，这时候，正赶上妻子怀孕，他便没有随艺专到昆明，而是留在了成都，一边在成都艺术学校任教，一边陪伴妻子待产。

试想一下，如果不是妻子临产，他也就随艺专离开成都了，不过和成都萍水相逢，擦肩而过而已。要说，也是机缘巧合偶然的因素所致，却阴差阳错地让他和成都有了不解之缘。

第二年，经熊佛西和徐悲鸿介绍，刘开渠为王铭章塑像。刘开渠知道，王铭章是川军著名的将领，刚刚过去的台儿庄大捷，举国震撼，激奋人心。台儿庄决战前，残酷却关键的滕县战斗中，就是王铭章带领官兵和日军血战五昼夜，最后高呼"中华民族万岁"，和2000名川军一起全部阵亡。这样壮烈的情景，想一想都会让普通人激动得热血沸腾，更何况是一位艺术家？刘开渠为王铭章而感动和骄傲，他义不容辞，接受了这一工作。这一年，刘开渠34岁，正是和王铭章一样血气方刚的年龄，岂容自己的国家惨遭小小东洋的侵略。在刘开渠为成都做第一尊雕塑时，融入了他和王铭章一样的爱国情怀，可以说，雕塑着王铭章的形象，也在雕塑着他自己的心。

抗战期间的雕塑，与和平年代截然不同，与在巴黎高等美术学校学习时更不一样。不仅材料匮乏，而且还要面临日军飞机的轰炸。从一开始，刘开渠的雕塑便不是在风花雪月中进行，而是与民族命运血肉相连，和时代风云共舞，让他的雕塑有了蓬勃跃动的情感，和血与火的生命。

那时，刘开渠点起炉火，亲自翻砂铸铜，开始了他每一天的工作。他为王铭章将军塑造的是一个军人骑着战马的形象，战马嘶鸣，前蹄高高扬起，将军紧握缰绳，威风凛凛，怒发冲冠。他能够听得到那战马随将军一起发出的震天的吼叫，以及将军和战马身旁的战火纷飞。还有的，便是炉火带风燃烧的呼呼响声，头顶飞机的轰鸣声，炸弹凌空而降的呼啸声。

在雕塑期间，敌机多次轰炸，为他做模特的一位川军年轻士兵，和为他做饭的女厨娘，先后被炸死。这一切没有让他动摇和退缩，虽然妻子和新生的婴儿需要他的照顾，但王铭章和2000名川军的壮烈阵亡，还有眼前的士兵和厨娘的无谓之死，都让他愈发激愤在胸，欲罢不能。他也想起，刚刚从法国归来，在蔡元培的陪同下，他去拜访鲁迅，鲁迅对他说过的话："以前的雕塑只是做菩萨，现在该轮到做人了。"他现在做的就是人，是一个代表着他自己也代表着全中国不屈服的同胞的顶天立地的人。

王铭章将军的塑像完成之后，立于少城公园，全成都人瞻仰。塑像为青铜材质，这在当时还很少见到，因为中国以前的塑像大多为石塑或泥塑。塑像高一丈二，基座宽四尺，高三尺，四周刻有"浩气长存，祭阵亡将士"的大字。巍峨的塑像，一下子让成都雾霾沉沉的天空明亮了许多。这是刘开渠为成都雕塑的第一尊作品，也是成都街头矗立起来的第一尊塑像。

不仅在成都，在全国的城市里，它也是第一尊立于街头公共空间的青铜塑像。因为和西方拥有城市雕塑的传统完全不同，我国没有这样的传统，我们的雕塑，一般只在皇家的墓地和花园，或庙宇里，马踏飞燕、秦陵六骏，和菩萨观音弥勒罗汉，曾经是我们的骄傲。刘开渠的这一尊塑像，是撒下的第一粒种子，不仅成为成都而且成为全国城市雕塑的发源地。

可以毫不夸张地说，这是一件空前的创举，在美术史尤其是中国雕塑史上，具有重要的意义。城市雕塑不仅美化了环境，增添了城市的人文色彩，拓宽了城市公共空间的功能，可以为市民观赏或瞻仰，以及具有潜移默化的审美与教化功能，更重要的是，城市雕塑是一座现代化城市必不可少的硬件之一，是中国传统都市向现代化迈进的象征物之一。从这一点意义来讲，这实在是刘开渠的骄傲，也是成都的骄傲。历史，给予了一个艺术家和一座城市一个共同的机遇。

更为难能可贵的是，刘开渠并非只为成都立了这样一尊塑像。虽然，他并非成都人，只是流亡经过成都的过客而已。如同一只候鸟，季节变化时，他毕竟还是要飞离这里的。只是，刘开渠和成都的不解之缘，却让他几乎一生都没有和这座城市隔开过。这就是奇缘了。

据我不完全的统计，刘开渠一生为成都做的城市塑像共有如下11尊塑像——

1939年，为王铭章塑像，立于少城公园。

1939年，为川军将领饶国华塑像，立于中山公园（新中国成立后的劳动人民文化宫）。饶为145师师长，1937年与日军作战，广德失守时自尽殉国，留下遗书：广德地处要冲，余不忍视陷于敌手，故决心与城共存亡。死时年仅43岁。

1939年，为蒋介石塑立像，立于北校场内当时成都军校。塑像高8米，基座5米。新中国成立后被销毁，1969年，在原塑像旧址立毛泽东水泥塑像。

1943年，为尹仲熙、兰文斌、邓锡侯塑肖像，立于少城公园。

1944年，为无名英雄塑像，立于东门城门洞内。

1945年，为川军阵亡将领李家珏塑骑马塑像，立于少城公园。

1948年，为孙中山塑像，立于春熙路。这是为孙中山第二次塑像——第一次，1928年塑的是中山装立像——这一次，由刘开渠设计为长袍马褂手持开国文件的坐像。

新中国成立后，为杜甫塑像，立于杜甫草堂。

晚年为成都塑的最后一尊塑像：李劼人塑半身胸像，立于李劼人故居。

在这里，无名英雄塑像最为有名，成为刘开渠的代表作，也成了成都的历史记忆象征。像高2米，底座3米，无名英雄为川军士兵的形象，据说当时找来了川军幸存者一个叫张朗轩的排长，为刘开渠做模特，身穿短裤，脚踩草鞋，背挎大刀和斗笠，手持钢枪，俯身做冲锋状。当时，成都文化人士发起建造川军抗日纪念碑，塑像赶在1944年的"七七事变"纪念日落成，所以又叫抗日纪念碑，碑文刻有"川军抗日纪念碑"的字样。这几乎成为了成都标志性的雕塑，可惜毁于"文化大革命"之中。1989年，年过八十的刘开渠重新操刀指挥他的弟子再造塑像，立于万年场路口。2007年8月15日，立于祠堂街的人民公园大门前。

那天，我去瞻仰这尊无名英雄塑像，看见它身后是公园的繁花似锦，身前是大街的车水马龙，一览都市今日的喧嚣与繁华。塑像前挤满了停放的自行车，挤过去到那碑座前，看见上面刻有几行文字，大意为当年四川十五六人中就有一人上抗日的前线，参军者共有302.5万人，川军牺牲的将士占全国总数的五分之一，阵亡人数263991人，伤64万人。看到这样的数字，再来看眼前的这尊塑像，会为当时无畏的川军

刘开渠的雕像作品

敬仰，也为当时的刘开渠敬仰，似乎能够听到塑像的怦怦心跳，也能听见刘开渠的澎湃心音。

作为我国现代雕塑特别是城市雕塑的奠基人，刘开渠对成都的感情，让人感动。上个世纪80年代，作家李劼人故居开幕之前，成都派人拿着区区几千元的费用，进京找刘开渠，希望他能为李劼人塑像。看刘开渠垂垂老矣，再掂掂袋中可怜巴巴的钱，生怕刘开渠婉辞。谁想刘开渠开口说道，没有问题，但我有一个条件，就是不能拿一分钱。然后，他说起年轻时在法国留学期间的一件"天宝往事"。当时，他和李劼人，还有成都籍的数学家魏时珍在一起在那里求学。有一天，魏时珍病了，李劼人开玩笑对魏时珍说，你病得先死，我为你写墓志铭。魏时珍不服气，与李劼人争辩起来，最后，刘开渠对他们两人说：我比你们两人都年龄小，还是最后由我来为你们塑像吧。如今，一语成谶，为李劼人塑像，便成为了刘开渠义不容辞之事情。

如今，李劼人汉白玉的半身塑像，成为了刘开渠与李劼人友情的见证，也成为刘开渠对于成都一生挥之不去感情最后的见证。他为成都在雕塑，也为自己在雕塑。如今，他不在了，有一天，我们都不在了，他的雕塑还在。

如今，在成都，能够看到刘开渠的塑像，还有孙中山的坐像，依然立在春熙路上；王铭章的骑马塑像，改立于新都的新桂湖公园；杜甫和李劼人的塑像，依然立在原处。想想，多少有点遗憾，如果能把刘开渠为成都所造的那11尊塑像都立于成都的街头，那是一幅什么样的景观，那里面，有成都自己的历史，也有中国城市雕塑初期最可宝贵的历史呀。那会为如今繁华的成都街头，增添多少历史与文化的色彩，能够让我们临风怀想，遐思幽幽呀。

2012年3月草于成都
2012年底改毕于北京

早春二月
——怀念孙道临先生

　　18年前的夏天，我如约到北京的北长街前宅胡同上海驻京办事处，孙道临先生已经早在胡同口等候着我了。记忆是那样的清晰，一切恍如昨天：他穿着一条短裤，远远地就向我招着手，好像我们早就认识。我的心里打起一个热浪头。第一面，很重要。

　　要说我也见过一些大小艺术家，但像他这样的艺术家，我还是第一次见到，他的儒雅和平易，也许很多人可以做到，但他的真诚，一直到老的那种通体透明的真诚，却并非是所有人能够达到的境界。

　　那天，我们在上海办事处吃的午饭，除了吃饭，我们谈的是一个话题，那就是母亲。他说他在年初的一个晚上看新的一期《文汇月刊》，那上面有我写的《母亲》，他感动得流出了眼泪，当时就萌生了一定要把它拍成一部电影的念头（其实那只是一篇两万多字的散文），经过了半年多的努力，他终于说服了上海电影制片厂，决定投拍，让我来完成剧本的改编工作。他对我说，读完我的《母亲》，他想起自己小时候在北京西什库皇城根度过的童年，想起自己的母亲。他也想起了在"文化大革命"残酷的岁月里，他所感受到的如母亲一样普通人给予他的难忘的真情。

那天，他主要是听我讲述了我的母亲的故事和我对母亲无可挽回的闪失和愧疚。他听着，竟然情不自禁地落下了眼泪，我不敢看他的眼睛，因为我从来没有见过70岁的眼睛居然没有浑浊，还是那样清澈，清澈得泪花都如露珠一般澄清透明。他忽然站起来对我说：我为什么非要拍这部电影？我不只是想拍拍母爱，而是要还一笔人情债，要让现在的人们感到真情对于这个世界是多么的重要！

我们一老一少泪眼相对，映着北京八月的阳光的时候，我感受到艺术家的一颗良心，在物欲横流中难得的真情，和对这个喧嚣尘世的诘问。那天回家，对着母亲的遗像，我悄悄地对母亲说：一个北大哲学系毕业、蜚声海外的艺术家，拍摄一个没有文化平凡一生的母亲，并不是每一个母亲都能够享受得到的。妈妈，您的在天之灵可以得到莫大的安慰了。

剧本断断续续写到了一年多以后。那天，为再一次修改剧本，我从北京飞抵上海。是个傍晚，正好赶上他去安徽赈灾义演，他在电话里抱歉说没有能够接我，却特地嘱咐别人早早买下了整整一盒面包送给我，怕我下飞机误了晚饭。我打开那一盒只有上海做得出来的精巧的小面包，心里感到很暖，那一盒面包足足吃到了他从安徽回来。

剧本定稿的时候，他请我到淮海中路他的家中做客。我见到了他的夫人王文娟，他们两口子特意做了冰激凌给我吃，还把那个季节里难以找到的新鲜草莓，一颗颗洗得清新透亮，精致地插在冰激凌里。我和他说起了电影《早春二月》。我说起第一次读柔石的小说时，我在读高二。那时，我们到北京南口果园挖坑种树，劳动之余，同学之间在偷偷传递着一本书页被揉得皱巴巴像牛嘴里嚼过一样的《二月》。书轮到我的手里，是半夜时分，我必须明天一早交给另一位守候的同学。老师还要在熄灯之后严加检查，我只好钻进被子里，打开手电筒，看了整整一夜。

他静静地听我说完，告诉我当时拍摄和后来批判《早春二月》时的许多事情。我问他，萧涧秋这个人物形象是不是他自己觉得扮演的最重要也是最好的角色？他对我这样说：新中国成立以后，自己一直都在努力改变以往在屏幕上的形象，希望塑造工农兵的新形象，便拍摄了《渡江侦察记》和《永不消逝的电波》。但是在这之后，他一直渴望有新的突破，在塑造了工农兵的形象之外，能够塑造更吻合他自己本色与气质的知识分子的角色。终于等来这样一部《早春二月》，他非常兴奋，也非常看重。他说不仅他自己看重，就连夏衍先生也非常看重，特别在剧本中详细地作批注和提示。没有料到，这样一部电影，付出了他极大的心血，却让他吃了不少苦头。那天的交谈，让他涌出许多回忆和感喟，颇有"别来沧海事，语罢暮天钟"的沧桑之感。

对于我们这样的一代人，随历史浮沉跌宕之后，有些普通的词，便不再那么普通，而披戴上岁月的铠甲，比如老三届、红海洋、黑五类……早春二月，便是其中一个意味颇不寻常的词。这个词不仅有我们的青春作背景，也有孙道临先生的演绎作依托。因此，我一直认为，萧涧秋是他扮演的最重要也是最好的角色，他不仅成为新中国电影史的一部分，也是中国知识分子心路历程的一部分。从某种程度而言，孙道临和萧涧秋互为镜像，有着内心深处的重叠。

我和孙道临先生往来不多，却有过通信，作为晚辈，我常常得到的是他对我的关怀和鼓励，偶尔也透露着他的隐隐心曲。

1994年2月，他寄给我两张照片留念，都是在1993年拍照的，一张是9月在海南，一张是5月在新疆，他以72岁的高龄骑在骆驼上跋涉戈壁滩。他在信中说："影事难题太多，1993年，我不务正业，东奔西跑，倒也增加不少阅历，只是'心为物役'的感受越来越强了，也好，总要设法摆脱，让想象好好驰骋。"

1995年2月，我寄他两本我的新书，里面有那篇《母亲》。他写信对我说："再次读了你写的关于《母亲》的文章，仍然止不住流泪。也许是年纪大了些，反而'脆弱'了吧。总记得十七八岁时是要理智得多，竟不知哪个时候的自己是好些的。"

我之所以选出这样两节，是想说过去常讲的是老骥伏枥壮心不已，其实对于中国知识分子而言，老骥之时更需要的是对于自己和历史清醒一点的检点和反思。孙道临先生对于我们的可贵，正在于他一直保持着一个艺术家对于自己和过去的历史与现世的时代的反思和诘问，他的真诚才不止于一般的旨在澄心，而是持有那种赤子之心。这一点，我以为是和《早春二月》里的萧涧秋一脉相承的，或者说其中的矛盾彷徨自省与天问一般追寻，是有良知又有思想的艺术家的本质和天性。

我想，这是孙道临先生给予我们最宝贵的启示，一切有志于艺术的人，都应该如他一样把这样的真诚放在首位。

2008年2月17日于北京

想起了叶盛章

　　那天，一位80多岁的热心老太太踩着小脚，像踩着轻松的鼓点儿，领我一直快步走到棉花胡同东口，指着路北的7号院告诉我：这就是叶盛兰的家。又对我说，后来把人家打成右派，"文化大革命"批斗人家，死得早，挺惨的。听说叶家的后人搬到龙潭湖去了。

　　院门很古朴，红漆斑驳脱落，但门簪、门墩都还在，高台阶和房檐下的垂花木棂也都还在。我走进院子，典型的北京四合院，虽东厢房前盖出新的小房，院子的基本面貌未变。我走出来问老太太，进门的地方原来是不是有个影壁啊？她说我记不清了，我还是原来查卫生的时候到他们院子里来过，这一眨眼都是好几十年前的事了。

　　想起放翁的诗：看尽人间兴废事，不曾富贵不曾穷。叶盛兰活着的话，今年90多岁了。由叶盛兰，又想起了他的三哥叶盛章（叶盛兰行四，他下面还有一个弟弟叶盛长，是著名的老生）。叶盛章原先住海柏胡同，离叶盛兰家不远，后来也搬到龙潭湖去了。想起叶盛章，不由得想起当年在老北京的天乐园发生的一件事情，便立刻到大栅栏对面鲜鱼口的街上找到天乐园。这是一座清嘉庆年间的老戏园子，朝代更迭，几经易主，1920年，天乐园更名为华乐戏院。开头由王又宸、周瑞安，后加入高庆奎、程砚秋演出，再后来是富连城加盟，都是一时的名角，让这个颓败的老戏园子重新红火起来。当时加盟富连城的叶盛章，也在这里唱戏。叶盛章是有名的武生，兼武丑，武功好，唱工念白也好，可以说是文武兼备。他的经典"三岔口"、"打瓜园"，都让他在戏迷中赢得了名声。

1947年，天乐园发生这样一件事情，和叶盛章紧紧联系在一起。那一年，国大代表张道藩来京，北平市政府为拍张的马屁，指示梨园行会要为张组织一场义务演出，各路名角都得悉数登场。演出地点就选择在天乐园。

当时，张道藩还是国民党的作家协会主席，一脚跨官场文场两个场子。不过，他确实也会写文章，而且写得还不错，并不只是上面派下来的挂个虚名的作家协会的主席，要不然徐悲鸿当年的夫人蒋碧薇也不会说死说活地爱上他。张道藩是个风流人士，想来北京的梨园界风雅风雅，抖抖威风，听听京戏，再和梨园名角们会会面，握握手，谈谈对国粹的振兴，然后把相关的报道和照片，刊登在报纸上面，也是不虚此行，是可以理解的。

只是张道藩没有料到，梨园行会当时刚刚换届，新任会长是叶盛章。叶盛章脾气耿直，那一年才35岁，年轻气盛，听说张道藩凭借官衔跑到北平耀武扬威，来听"蹭戏"，带头不愿意。他要只是如一些文人一样心里不乐意，嘴上骂骂，也就没有以后的事情了。偏偏他耿直的脾气上来了，他新当选的梨园行会会长的头衔，其实不过是唱戏里的帽翅儿一般的官而已，却让他当真了，觉得不能够只图个浪声虚名，自己应当干点儿事才对得起这个名分。于是，他便以会长的名义出面，召开梨园行会全体理事会，把给不给张道藩演戏的事情交大家讨论。他以为大家会和他一样义愤填膺，继而拒绝为张道藩演戏，谁知道讨论的结果并不像他想象的那样。好多人心里都认为不给钱就是不伺候，但又怕拒演既得罪了张道藩，又得罪了政府，给梨园界以后带来麻烦。讨论到最后，大家勉强同意还是演出吧，没想到这么一耽误，耽误了开演的时间。这一下，惹恼了台下的大兵，跑到后台闹事，愣是把叶盛章绑到台上示众，一通棍棒乱打，茶壶茶碗汽水瓶扔得他满身都是，如果不是叶盛章会武功，能够抵挡一下，和那帮大兵奋力挣巴，非死在台上不可。最后，叶盛章被警察从台上生生拽下台，逮捕进了局子，那场面和电影里《秋海棠》演的大兵把秋海棠抓走的场面一样。

叶盛章这段往事，现在知道的人已经不多，差不多已经像一张旧戏票，被我们随手扔在了遗忘的风中。当我知道了这样的事情后，我对叶盛章刮目相看，面对国民党大兵，他在舞台上表现出来的血性，和他舞台上演出过的那些过去朝代里的英雄一样，让人肃然起敬。我忍不住想起叶盛章在"文革"中屡次遭到红卫兵抓走去批斗的经历，一样的被毒打，只不过时间已经从1947年转换到了1966年，国民党大兵变成了红卫兵。其实，不过过去了才19年的光景。只能够用1966年当时曾经流行过的词语，说是"历史何其相似乃尔"！

准确地说，应该不完全是"相似乃尔"。首先，1966年，叶盛章遭受的毒打并不止一次。那时候，叶盛章和夫人，唯一的儿子，一家三口住在崇文门外龙潭湖的楼房里，他便把在宣武门外海柏胡同里的老宅给卖了。"文革"中遭受的第一次毒打，便是因此而致。是因为有人打了他的小汇报，说他出卖私房挤占劳动人民的住房，说他人口少住房多，只是这样一条，便能够置他于死地。虽然他老老实实地把卖房子所得钱的存折上缴给了组织，他也难逃厄运。他被限令"24小时之内滚出红湖"（当时龙潭湖被改名为红湖）。

在滚出红湖之前，他挨了批斗，遭受了第一次毒打，然后，只许他带着一张床、一只皮箱、一个橱柜、三副碗筷，离开了红湖。最后经他反复央求，破例允许他再带一个收音机，好听伟大领袖的"最高指示"，他一家三口住进了一间小平房里。

如果厄运到此为止，我猜想，叶盛章也许会忍下去，我们好多人不都是这样忍下去的吗？但是，红卫兵并没有放过他，依然找到偏僻的平房里，把他揪出来批斗。没有人出面制止，大家都自身难保，大家也都忘记了他是京戏里武生名角，他曾经带给我们那么多艺术的愉悦与享受。

这一天上午，他去上班，他的夫人还特意往塑料袋子里装了几个干油饼，让他带到班上吃。谁想到，就在这一天，他的夫人被抓走批斗，被剃了阴阳头，夫人难忍屈辱，投龙潭湖自尽，却被人救出。当叶盛章看到夫人是这狼狈样子的时候，执手相看泪眼，我想是他最无法忍受的了。谁想到，就在这一天夜里，红卫兵还没有放过他，居然大半夜里杀上门来，将他再次打得遍体鳞伤。第二天，他横尸护城河。

如果还和1947年那场毒打相比，再一点并不"相似乃尔"的，是在面对红卫兵的一次次毒打中，他竟然没有任何的还手。其实，他是身怀武功绝技，而且那一年他才54岁，正是年富力强。凭他从小练就的童子功，对付几个毛头的红卫兵，是不在话下的。可是，他没有还手，任凭他们把自己毒打得遍体鳞伤。

我不明白，他为什么能够做到这样。我也弄不清，那时候他是怎么想的。我只是猜想，和1947年在天乐园舞台上面对那乱棒飞舞相比，他的性格变化太大了。我弄不清到底是什么原因，把一个那样一腔热血的汉子的性格，改造成了这样子的。

最近，因为要写天乐园，我多次到鲜鱼口去看天乐园，周围一些地方已经拆得一片凋零，它的前面也是一片瓦砾，但是它二层的戏楼还在，老态龙钟，毕竟还立在那里，历史的物证一样，给今天一点看得见摸得着的对比和观照。每一次到这里，我总回想起1947年35岁的叶盛章和1966年54岁的叶盛章。我特别想起那些在"文革"中曾经打小报告告发叶盛章的人，和那些曾经毒打过叶盛章的人，他们现在怎么样了，会不会在偶尔之间想起曾经发生过的往事？

由叶盛兰想起的是关于叶盛章这段往事。我相信，会有好多人如我一样想起了他。其实，想起了他，就是想起了我们自己，在那一段历史中的我们自己。

2006年夏于北京

花飞蝶舞梁谷音

　　上海昆曲团成立30年，要到北京演出，听说这消息，我早早一个多月前就买好了票，其中最想看的是梁谷音的《蝴蝶梦》。

　　我对昆曲一窍不通，也不想跟随如今新潮的昆曲热凑热闹。昆曲名角众多，我却因见识浅陋，只知道一个梁谷音。之所以记住了她，缘于几年前读过她的一则文章，印象很深，说她2001年在美国华盛顿索米博物馆，不愿意在博物馆安排好的小剧场里演出，偏选在了小小的展厅里演了《琵琶记》里"描容"一折。只是一人一笛一鼓，没有舞台，甚至没有任何布景，也没有字幕翻译，却演得那帮美国人都看懂了，不仅看懂了，而且还随着赵五娘为婆婆描容来祭奠的悲悲戚戚的感情起落而潸潸泪下。这样的情景，很让我着迷，很是向往，充满想象。梁谷音究竟有什么样的魔力，可以将一曲昆腔如此出神入化，穿越时空，沟通起不同文化背景人们的心灵？

　　《蝴蝶梦》是一出清人的剧，旧时叫《大劈棺》，说有迷信和黄色内容而被禁演。其实，它不过借庄子说事，将一则庄周梦蝶的故事重新演绎，其中对于爱情与婚姻的质疑，颇具有后现代的意味。今天看来依然具有清新撩人的醒世味道。庄周最后唱"万古大梦总相如"，真的是现代故事的古装版，今古交替，充满反讽，互为镜像。梁谷音饰演的庄周的妻子田氏，第一场"扇坟"，一出场破扇遮脸优美碎步的亮相，就赢得了满堂彩，确实精彩。爱情失去了信任，猜疑和试探成为了家庭的主旋律，庄周荒诞装死，化作翩翩美少年楚王孙，冒充庄周的学生，打上门来，以图与师母玩一段师生恋，来考验妻子一番。果然立马奏效，田氏一见钟情，恨不相逢未嫁时，乃至为救心上人王孙的性命，不惜举斧大劈棺取先夫的脑仁用上一用，真可谓将情与爱、性与欲推向极致。梁谷音将这样一个性格复杂、内心丰富、情感大起大落的妇人，演得花飞蝶舞、鸟啼梦惊，如此风姿绰约，曲净天青。

　　舞台剧与影视不同，无法出现大特写，一般观众看不大清演员的面目表情，更不会如纸面的小说，可以铺陈大段的心理描写。这就要看我国古典舞台剧演员演出的魅力了。最让我惊叹的是梁谷音能够将看不见的心理和心情演绎得惟妙惟肖，如状目前，看得见，摸得着。这真是本事。她唱工曲折与微妙，我不懂，但看她身段与台步，水袖和眼神，真的是一枝一叶总关情，似乎都会说话，都长着眼睛，都绽开着笑靥。一招一式，拈襟揽袖，曳裙拖裾，带动得整个舞台跟随着她一起婆娑摇曳，柔柔软软，飘飘欲仙。

别看舞台朴素至极，几乎没有什么新奇和高级的装置，演员也没有浩浩荡荡的人马，一共只是四个人演出，却像舞台充满气场一样，满满盈盈荡漾着的都是戏的神韵和魂儿，咫尺天地，无限江山。

梁谷音善于运用手里的小道具，扇子、红纱、喜花，乃至最后出现的斧头，都被她得来全不费工夫一样，成为她的另一种表情和风情，彻底地化为了属于她自己的一种艺术创作。特别是那一方透明的红纱，袅袅婷婷，让她上下左右、胸前身后、眼前嘴中、地上地下，翻飞得如同一个火一般燃着的精灵，让我忍不住想起理查·施特劳斯根据王尔德的《莎乐美》改编的歌剧里的那段"七重纱"舞，有着异曲同工之妙。借助它们，将一个闺中寂寞难禁、春心荡漾、欲火中烧、于心不甘又急不可耐、万千风情又敢于叛逆而铤而走险的妇人，拿捏得恰到好处，勾勒得须眉毕现。那种含情欲说、媚眼相看、心事难付、情结如蛇一样盘结的错综复杂，那种从含羞、哀怨到娇憨到放纵得最后情感的喷薄而出，大写意的水墨画的墨汁淋漓的洇染一样，一点点层次分明地呈现出来，将简单的舞台舞动得风生水起。

想想在华盛顿她演出的"描容"，能够令那么多美国人动容，也就信服了。

真不敢想象梁谷音竟然已经是66岁的人。这就是戏剧的魅力。它混淆了现实与艺术的界限，它让一个演员永远年轻，而将年龄溶解于舞台虚拟与梦幻之中。散场后的北京，月白风清，夜空如洗，难得的清爽，总还想起谢幕时梁谷音将观众献给她的鲜花又使劲抛向观众席的情景，心里盛满感动，和对她的敬意与祝福。

2008年10月13日于北京

老板的汗血马和骆玉笙的花盆鼓

新近，由美籍华人跨界导演，推出的一场新派京剧《霸王别姬》中，最令人叹为观止的是，竟然不伦不类地牵上一匹汗血马，充当乌骓马抖擞上台，在乌江边让霸王与之告别。看最新一期《三联周刊》报道，这匹汗血马价值几百万，是投资排演这出京剧的老板的心爱之物，他希望导演让这匹汗血马登台露个脸儿。于是，这匹汗血马，和霸王一起联袂也成为戏里的一个角儿。

这实在是件有意思的事情。资本介入艺术演出的市场之后，无论国内还是国外，历来什么事情都可以发生。以前听说，投资戏和影视的老板为捧红自己心爱的女人，要求导演让其出任主角或其他角色，凭着老板的财大气粗，导演和剧组无可奈何，只好签下城下之盟，让一些并不着调的女演员在戏中滥竽充数。没有想到，由于老板的喜好不同，如今的老板改换了章程，变女人为汗血马。

此番汗血马慷慨亮相，照导演的谦虚的说法，是给观众一点小的惊奇。其实,牵真牲口为活道具,这算不上什么新鲜和惊奇,好多年前,在北京体育场上演威尔第的歌剧《阿依达》,早就请来真的骆驼登台上过场,不过是作为炒作的卖点而已。要说舞台上真让人叹服的创新和惊奇,倒让我想起了已故的艺术家骆玉笙老前辈。

曾经看过这样的一段录像,是80岁高龄的骆玉笙演唱京韵大鼓《击鼓骂曹》。这是一个传统的老段子,骆玉笙师从少白派白凤鸣先生。但是,无论白先生,还是以往演唱这段《击鼓骂曹》的其他演员,都只是单手击打板鼓。骆玉笙为了演唱更加身临其境,更加富有韵味,改一般常用的板鼓,而将一个浑身通红的花盆大鼓请上台来。那大鼓状若硕大的花盆,骆玉笙站在鼓前,显得格外娇小玲珑,便越发显得鼓大而强劲有力。这是以前京韵大鼓没有出现过的道具。为此,骆玉笙专门向京剧名家杨乃鹏一板一眼地学习击鼓,练得炉火纯青。显然,这也是京韵大鼓从未有过的表演方式。

在唱完祢衡一通鼓"惊天动地",二通鼓"悲喜交加令人惊",三通鼓"似有金石之声",再唱一句"众公卿凝神倾听"之后,骆玉笙弃板鼓而击打大鼓,先鼓点,后加入胡琴声,时紧时缓,时高时低,密如骤雨,疏似断鸿,最后,声声紧逼,步步惊心,将那鼓点打得真是出神入化,让这一通纷繁错落的鼓点为现场营造出来不同凡响的气氛和气势。一长段节奏分明的鼓点之后，骆玉笙张口再唱，才有了后面祢衡的骂曹。如此前面的击鼓成为了表演也成了内容不可分割的组成部分，使得后面的骂曹有了足够的铺垫和渲染，才显得水涨船高般让这一段大鼓达到高潮。于是，这个花盆大鼓和祢衡一起成为了主角，骆玉笙让它有了突出的形象，也有了缤纷的声音。

任何艺术形式都需要不断地创新，创新是没有错的，只是创新不是哗众取宠，不是非要将老板的心爱之物亮相于舞台。因为舞台自有舞台的规律与规范，不是老板的私家花园或多宝格，非要将其宝马拉出来遛遛，或将其其他宝贝展示出来看看不可。特别是京剧，是讲究虚拟的写意艺术，几把桌椅和一道帷幕，都能够调动起五湖风雨，万里关山，并非戏中有马就一定得牵匹活马上来。骆玉笙年迈时演唱《击鼓骂曹》，请上花盆大鼓，无疑是借鉴了京剧的内容而丰富了京韵大鼓自身的表演形式。过去，京剧里讲究"冷锣"和"急鼓"。周信芳演戏时便常用"冷锣"，他道白"此话怎讲？"紧接着便是一声"冷锣"，气氛一下子别开生面。而京剧开场前的急急风中"急鼓"的作用，常常是整场气氛的烘托。骆玉笙衰年变法，将京剧的鼓点融入京韵大鼓里，将鼓点不仅是起伴奏的作用，而且和内容和人物和情境融为一体，把一段传统的《击鼓骂曹》演唱得高潮迭起，别具一格，这才是真正的创新。

在舞台上，请上汗血马，和请上花盆鼓，都算上是别出心裁，但真创新和伪创新的区别，明眼人还是能够一眼望穿的，那便是一个是为了艺术，一个是为了自己；一个是为观众倾心，一个是为资本屈膝。

2012年3月6日于北京

花之语

下辑

谁打翻了莫奈的调色盘

想念吉维尼已经很久。

吉维尼是一个小村子，那里有莫奈的故居，人们都把它叫吉维尼花园。那是莫奈在43岁那年买的一块地，他在那里住了43年，住了他人生的整整一半，86岁那年在他的花园里去世，他的墓地就在吉维尼村的教堂边上。

莫奈刚买下吉维尼这块地的时候，他的妻子刚去世不久，那时，他的画卖得并不好，他只是把这块地种成了花园。有意思的是，他的赞助商破产，赞助商的老婆却成了他的续弦。我没有研究过莫奈的生平传记，心里猜想大概她看中了莫奈的才华，对莫奈有底气。果然，莫奈住进吉维尼不久，画一下子卖得好了起来，声名鹊起，财源滚滚。莫奈便又买了花园边上的另一块地，把它改造成了池塘，种了好多的睡莲，建起了那座有名的日本式的太古桥。他还成功地把流经吉维尼村外的塞纳河水引进他的池塘，而这一切需要钱来做支撑的。莫奈的吉维尼花园渐渐的和他的画一样有名。

再次到达巴黎，当天下午我就驱车去了吉维尼，弥补上次来巴黎没有去成的遗憾。那里距巴黎70多公里，不算远，但已经不属于巴黎的郊区，属于诺曼底。一路树林林深叶茂，浓郁的绿色，将天空都染得清新透明。过塞纳河右岸不远就应该到了，但我们却在乡间小道上迷了路。僻静的乡村找不到一个人，玫瑰花开得格外艳，樱桃树上的小红果结得那样寂寞。来回跑了好多冤枉路，终于找到莫奈故居的时候，天已近黄昏时间，依然游人如织。窄小的入门处，如一

个瓶口，进入里面，立刻轩豁开朗，如潘多拉魔瓶水银泻地一般，展现在眼前的是莫奈的花园，姹紫嫣红，铺铺展展，热闹得像一个花卉市场。据说所有的花都是莫奈亲自从外面买来，品种繁多，色彩缤纷，叫都叫不出名字。其中最引人注目

在莫奈故居

的是花朵硕大的虞美人和鸢尾花，那曾经是莫奈最爱的花。不过说实在的，和我想象的不大一样，和莫奈画过的花园也不大一样，眼前的花园显得有些杂乱无章，就像并不懂得园艺的一个农人将种子随便那么一撒，任其随风飘长。花开得虽然烂漫，却没有什么章法，各种颜色错综一起，像一匹染得花色串了色的花布。

也许，我对比的是法国凡尔赛、枫丹白露，或舍侬索堡的皇家花园，那里的花园整体如同几何圆规和三角板的切割，和裁缝手中胸有成竹的剪裁。而莫奈要的就是这样风一样的自由，田园性格一样随心所欲的疯长。

不过，说实在的，莫奈故居的那座主体建筑的二层小楼外墙面涂的嫩粉颜色，窗户和外走廊栏杆和阶梯涂的都是翠绿的颜色，可真是觉得有些怯，心想这不该是最懂得并最讲究色彩的莫奈选择的颜色呀。这应该是还没有度过童年的小公主愿意涂抹的颜色，哪里是一个老头子选择呀。没办法，再伟大的画家也有世俗的一面，面对自己的选择有时也会有马失前蹄的时候。

小楼里人满为患，几乎到了摩肩接踵的地步。没有想到莫奈故居里居然有这样多的游客，而且有非常多的是日本人，莫非因为在这里有莫奈特从日本买来的许多的东西，包括家具和碗碟，墙上挂着不少日本的浮世绘，日本人便千里迢迢来这里对莫奈投桃报李吗？

最漂亮的，要我说，是花园后面的池塘。通往池塘的小径，一边有小溪环绕，一边是树木葱茏，花开得浓烈如同热情好客的向导，一路逶迤引你走去。有几座小桥和花门可以进得池塘，一碧如洗的水上，睡莲的叶子静静地躺着，和花园的喧闹有意做了对比似的，一下子安静了下来，让心滤就得澄静透明。还没到睡莲开花的季节，亭亭的叶子，大大小小，圆圆的如同漂亮的眼睛，紧贴在水面上，似乎枕在那里还在蒙蒙而湿漉漉的睡梦当中。那座被莫奈不知道画了多少遍的日本太古桥，就在对面的柳枝摇曳掩映中矗立，和莫奈故居窗户和栏杆的颜色一样，也是翠绿色，在这里却格外和谐，有绿树和绿水的呼应和相互映衬，桥的绿色像是彼此身上亲密无间蹭上去的一样，那样亲切和快乐，那样的浑然一体，妙自天成。

我看到过20世纪20年代晚年莫奈在池塘边和太古桥上的照片，对照眼前的池塘和太古桥，没什么变化，特别是没有添加一点别的东西。这是非常重要的，既然是故居，一切如旧，就是最好，也是最难保持的。在故居的保护方面，做新容易，持旧却难，但唯有持旧，才能够让我们在故居这样特定的环境中，感觉时光倒流，昔日重现，和还能有和莫奈在这里邂逅的冲动和错觉。

池塘是莫奈晚年最爱流连的地方，这里的睡莲大概是莫奈用得最多的模特，甚至胜过他前妻，不厌其烦的被莫奈一遍遍地画。莫奈爱选择在不同时间坐在池塘边画睡莲，他会比我们所有人都能感受到细微的光线的变化，而这些光线就是莫奈的另一支画笔和另一种色彩，帮助他完成了那一幅幅的睡莲。没有谁能够比莫奈更懂得睡莲的了，没有谁能够比

莫奈吉维尼花园

莫奈画得更好的睡莲的了。只有站在这里，才会明白莫奈对于睡莲的感情。我们古代画家讲究梅妻鹤子，即把梅花和仙鹤人化和圣化，当成了自己妻子和孩子一般。莫奈其实也是把睡莲内化成他的生命一样，也是他自己身心的一种外化。

记得莫奈的老师欧仁·布封曾经这样教导过莫奈说："当场直接画下来的任何东西，往往有一种你不可能在画室里找到的力量和用笔的生动性。"这个教导对莫奈很重要，令他一生受益。莫奈坚持室外写生，这里的池塘便是他的老师的化身。我们特别愿意把莫奈当成印象派的画家，以为他完全可以靠印象肆意去画，殊不知面对池塘和睡莲，他的写生是如此认真和持久。他并不完全凭仗印象，他同时相信室外写生时的力量和用笔的生动性。而这力量和生动性是池塘和睡莲给予他的，他才在大自然的万千变化中找到了艺术鬼斧神工的魅力，找到了属于他自己神性的睡莲。

漫步环绕池塘走了一圈之后，我在想，人的一生真的是充满了偶然性，画家也不例外，如果没有这里绣满睡莲的池塘，莫奈可以到别处写生，也可以写生别的，但还会有他的那一幅幅让他声名大振的睡莲吗？看莫奈的画，画得最多的，也是最好的，还得数睡莲。相同的睡莲，让他画出了千般仪态，万种风情，画出了心，画出了梦，画出了无数精灵，真的是哪位画家都赶不上的。

站在池塘边，想到在巴黎橘园里看到莫奈画的那环绕四面墙的巨幅睡莲，想到在纽约大都会博物馆看到莫奈画的占据了整面墙的长幅睡莲，能够感受到那里的每一朵睡莲都来自这里，这里的池塘成就了莫奈。莫奈和他的睡莲，和这里的池塘，彼此辉映，成就了一个时代的辉煌。

能够造就一个时代的辉煌，在于理想，在于才华，但想想莫奈在吉维尼43年直至离开这个世界，一直坚持画面前的睡莲，谁能够坚持这样漫长的岁月，谁都可能创造属于你自己的时代的辉煌。

2009年5月记于巴黎

阿尔的太阳

　　那年在法国的普罗旺斯漫游，我执意要车拐了一个弯，到阿尔去一趟。因为阿尔曾经有过梵高。梵高很多的画，画有阿尔的人物、风景，包括阿尔的巴旦杏和向日葵，以及如今已经异常有名的兰卡散尔咖啡馆。

　　当然，更重要的是，还有阿尔的太阳。那个升起在普罗旺斯热带天空和空气中辉煌的太阳。正是由于有了这样辉煌的太阳，才有了梵高的画作。可以说，来到阿尔后，梵高画的油画中，无不迸发着这样太阳的光芒，他的画面才充满了自文艺复兴以来画家们很少用过的那样浓重浑厚的黄色，向日葵那种耀眼的金黄，才成了梵高艺术与生命极致的象征。

　　记得读美国作家欧文·斯通撰写的梵高传记中，他曾经写道，在梵高的"眼中看见周围那些在白热化碧蓝带绿的天空下从浅黄到橄榄棕色、青铜和黄铜的颜色。凡是阳光照到之处，都带有一种像硫磺那样的黄色。"于是，"在他的画上是一片明亮的、燃烧的黄颜色……他的画上浸透了阳光，

阿尔的太阳

呈现出经过火辣辣太阳照晒而变成的黄褐色，和空气掠过的样子。"这样说来，梵高笔下太阳燃烧的金黄色，确实是异常丰富的。

来到阿尔的时候，已是黄昏，西垂的太阳还是一片热辣辣的金光四射，完全不像是夕阳老人就要告别下山的样子，依然如健壮的小伙子一样活力迸发。灿烂的光芒照透每一棵树木，把树上的每一片叶子都锻造成金子一样炫目反光，连风中都有阳光的金属般爽朗的铮铮之声。心里不住在想，不愧是阿尔的太阳，是梵高画过的太阳。

当我在城里转了一圈，参观过古罗马的剧场和梵高画过的《夜间的咖啡馆》之后，驱车行走在阿尔郊外一片开阔的田野的时候，太阳还是迟迟的不肯落山，依旧是那样的炽热，灿烂得把每一缕光芒像天女散花一般散落在远处的麦田

阿尔梵高画过的咖啡馆

和近处的罗讷河上，把河水映得分外金黄。显然还不是麦收的季节，眼前的麦田却如同麦浪翻滚的样子。

我想起120多年前，梵高曾经走在这片田野里的情景。我不知道，那时候的麦田还是这样子不是。只知道，从巴黎来到这里的梵高，穷困得如同一个乞丐，连喝一碗汤都成为一种无法实现的奢求。而且，关键是阿尔的人们都不愿意给他当模特，而都认为他是一个疯子，甚至给阿尔的市长写信，要求管管这个疯子。梵高只有走出城来到这片田野，画风景写生，顽强而执着地实验他的笔触和色彩。

就是在这片田野里，梵高刚刚画完麦田，遇到了邮递员卢朗先生。

那是个星期天的黄昏，卢朗先生带着他的儿子在玩。梵高和他打了招呼，卢朗先生天天看见这个红头发的荷兰人背着画夹，也不戴帽子，就那么顶着毒太阳，一画一整天在田野里忙乎，人们给这个荷兰人起了个外号叫"伏热"，这个法语词翻译成中文的意思是"红头发疯子"。烈日炙烤下一天的画画，常让梵高头晕目眩，但也让他充满激情和渴望。不过，这一切的痛苦和欢欣，又有谁知道呢？

卢朗先生冲梵高客气地打了个招呼，然后，指着梵高画夹上夹着的刚画完的麦田，客气地说：您的麦田画得像个活物！接着，又指着正沉沉的落日和树上被落日所染上的火焰一样的光芒说：这也像个活物，您看是不是？先生。

卢朗先生这话，让梵高一愣。来到阿尔以来，还没有人对他说过这样的话，更没有夸过他的画，而且说得有道理，讲得既简单，又深刻。他像遇到了知音。他继续和这个邮递员聊了起来。卢朗先生和他聊起了上帝，卢朗先生说：现在的上帝似乎变得越来越令人难以置信了。上帝不存在你画的那片麦田里，一到现实的生活里，上帝就……梵高看出了卢朗先生对上帝的失望，他对卢朗先生解释道：我理解你，不过我觉得你不能以这个世界的好坏来评价上帝，这个世界只不过是幅未完成的习作。

从绘画到上帝，他们两人聊得很投机，而且聊得还很哲理。就这么一直聊到太阳真的落下山，小星星都出来了。来到阿尔这么长时间，梵高从来没有和当地人聊了这么久。他禁不住打量了一下卢朗先生，他忽然发现这个当了25年却从来都没有得到提升的邮递员，用每个月挣来的135法郎微薄的薪水养四个孩子的父亲，心地那样的丰富。而且长得也有特点，他长着苏格拉底式宽宽的额头呢。于是，他对卢朗先生说：我想为您画一幅肖像可以吗？说完，他的心里有些忐忑，因为在阿尔没有人愿意为他当模特。可是，卢朗先生却答应了，只是说：我感到荣幸，但我长得难看，干吗要画我呢？梵高高兴地说：假如真有上帝的话，我想他一定也长着和你完全一样的胡子和眼睛。

这一段对话，是欧文·斯通在他的梵高传记中写到的。我有些怀疑是欧文·斯通自己想象而杜撰的。因为无论梵高还是卢朗，都早已经不在人世，他怎么可以知道他们两人当初的谈话内容，而且是这样的具体，绘声绘色呢？但是，梵高确实是为卢朗先生画过肖像画，而且不是一幅，一共6幅。其中最著名的是画于1888年的《邮差卢朗先生》，蓝色的制服，黑色的勾边，金色的长胡子和金色的制服纽扣交相辉映，闪烁着明亮而温和的光。这幅现在藏于美国波士顿美术馆的油画，几乎也印制在所有梵高的画册里，成为了梵高人物肖像的代表作。

梵高和卢朗先生成了朋友。他曾经到过他家做客，并为他的夫人也画过肖像画。即使后来卢朗先生调到马赛邮局工作去了，他们也常常来往。梵高患病住进圣雷米精神病医院的时候，卢朗先生常常来看望。梵高出院的那一天，也是卢朗先生来接他出的院。在梵高短短37年苦难多于幸福的生命中，邮递员卢朗先生是他的一抹亮色，普通人质朴的情感，是注入他生命与艺术的力量。那力量蕴含在底层人的艰辛与自尊、自重之中，就像种子在泥土里，阳光在云层里一样。

应该说，对于梵高来说，卢朗先生也是阿尔的太阳。

2012年春节于北京

邂逅毕加索

　　到巴塞罗那，寻找毕加索的足迹，是我的一个心愿。世界上，除了巴黎的毕加索博物馆，巴塞罗那的毕加索博物馆是最负盛名的了。我拿着一张地图，说着半生不熟的英语，问了好几位街头骑着高头大马的警察，终于找到了蒙特卡达大街。

　　说是大街，其实像胡同，很狭窄，方石铺地，已经被岁月磨得极其光滑却高低不平。两边是一些并不热闹的店铺和高高石砖砌成的旧式建筑。阳光剥蚀和风雨侵袭，那些建筑颜色都呈一片灰暗。青苔茸茸如同时光老得长出的胡须，紧贴在房檐墙角，遮挡着正午火热的阳光。街上一片阴凉幽静，仿佛踏进前几个世纪的城堡，任你尽情地发思古之幽情。

　　毕加索博物馆就在这条胡同深处。那是一座同样灰暗阴凉的建筑，据说是由13世纪的阿拉吉宫和卡斯蒂雷特宫、卡米宫三栋小楼组成。这宫委实太小，看来13世纪的王妃太多，宫建得太多，叫得也太滥了。宫外无任何标志、装饰和宣传广告，如果不是黝暗的门边的墙上飘着两面印有"Picasso"的小旗，简直认不出这里便是举世闻名的毕加索博物馆。

表面的简朴与里面的五彩缤纷，是这座博物馆的风格，也是毕加索自己的风格。500比塞塔一张入场券上得楼来，上六个世纪的古宫增添了现代的东西，便是楼梯用铝合金新修建而成。大概是前来参观的世界游人太多。也是，我去的那一日人流如潮，摩肩接踵，致使你想停下脚仔细看一看画都不可能。毕加索死后已20年，人们对他的景仰与爱戴与日俱增，与有的画家人未死在人们心目中却已淡忘，成了鲜明对比。世界上像毕加索这样的画家毕竟不多。

一楼正面挂着一幅硕大无比的照片，是毕加索和夫人的合影。展室里全是陶器、瓷盘，那些以鱼、羊等物变形的造型，让人一看便知道是毕加索晚期的作品。我不大明白为什么第一展室不是按时期陈列毕加索在巴塞罗那求学时的早年作品，而是先将这些色彩炫目又造型古怪的器具夺人眼目？怕人认不出毕加索吗？而把这些毕加索的象征如同帽徽和胸花一样先戴在头顶，贴在胸前，以期先声夺人、赫然醒目？

确实，看陈列在这里的毕加索早期作品，与他晚期作品大相径庭。仿佛阔别久远，相见却不相识。浓重的陌生感，让你感到毕加索的变化如飓风过后的海岸一样面目皆非，眼花缭乱；也让你看到一个光着屁股、露着小鸡鸡的童年的毕加索，是如何迈着稚气的步履走出巴塞罗那，走出西班牙，而成为世界的巨人的。1895年至1896年，毕加索在巴塞罗那画的那些油画人物素描、水彩风景写生、石膏像的雕塑……无一不是写实，严格的古典色彩与技法。在这里，你怎么也看不出一丝一毫的端倪，他是怎么样变成抽象主义和超现实主义的！在这里，他太像一个循规蹈矩的三好学生，笔管条直地听从老师千篇一律式的教诲。其中有一幅大夫看病的油画，画了四幅草图，大夫坐在病人床前诊断、妻子抱着孩子为病人端水，以及病人凄苦哀怨的眼神，无一不画得逼真而传神，哪里有一点儿毕加索的风格？说它是俄罗斯巡回画廊派画家的画，没人不相信。倒是在一幅和平鸽的素描（1890年），和一幅小女孩抱布娃娃的儿童画（1892年）前，我感受到毕加索一颗不安分的心。算一下，画和平鸽时他才9岁，画小女孩抱布娃娃时他才11岁。那画画得童趣盎然，无拘无束，尤其是后者，洋溢着勃勃活力与生命跃动的韵律。那发黄残角的画纸藏着毕加索的梦。梦中注定，他不是那种本分的好孩子。他不会那么顺从听老师、听妈妈的话。他的心太野，装不下布娃娃，装不下鸽子，装不下故乡，装不下妈妈。

有一幅1990年毕加索画的自画像，题为《我是国王》。

据说是毕加索离开故乡前往巴黎时留给妈妈的最后一幅画。这幅画在巴塞罗那毕加索博物馆中最为名贵而且意义非常。站在这幅画前，我想到的是李白的诗："我本楚狂人，凤歌笑孔丘。"毕加索神气十足辞别母亲，颇有种"天下谁人不识君"的劲头。那年，他才19岁。

可以说，毕加索是从巴塞罗那走向世界。在现代画家中，除梵高少数人能与之匹敌。而他一生所创作的两万件数量浩繁的作品，任梵高也无可奈何。"我是国王"，他对母亲说的并不是狂言，在艺术天国中，他确实是一位独领风骚的国王。

据介绍，巴塞罗那博物馆是1960年创建的。当时，毕加索的秘书兼密友塞巴蒂斯倡议并捐赠了自己的收藏，毕加索本人也先后捐赠了自己千余幅油画、素描和雕塑，以及17本珍贵的绘画笔记。这是任何一座博物馆包括巴黎毕加索博物馆都见不到的。可以想见，毕加索对巴塞罗那的感情，对故国的感情，对母亲的感情。记得他说过这样的话："画家是感动的容器。"

在毕加索捐赠的众多作品中，我见到曾经看过不知多少遍的《塞巴蒂斯肖像》《弹钢琴》等，只不过以往都是看的画报上的复制品，面对真品，感受截然不同。它们似乎远不如想象的大，也远不如复制品鲜艳（现代印刷术太能遮丑），却真实、朴素。塞巴蒂斯戴着一副金丝眼镜变了形的脑袋，鼻头挤在耳朵边，那样神情恍惚地仿佛就站在我面前，为我弹奏一曲《圣母颂》或幽幽小夜曲；毕加索那个秃头、大鼻头的不听话的孩子仿佛就站在我面前。他让我感动。因为世上让他感动的太多，以至装满他的容器。他的画不过是从那容器中流溢出来的，那是清泉，晶莹、透澈；那是血液，火热、赤诚。

关心、热爱毕加索的人，不能不到巴塞罗那毕加索博物馆。在这里，会感受到在任何一座藏有毕加索作品博物馆截然不同的心绪、意境、色彩和画面。倒不是说因为这里有其他地方没有的那么多毕加索的作品，而是这里独有毕加索的少年、青年，更有他独一无二的故国故乡。在这里，让我看到赤身裸体的毕加索是如何变得满身披挂流光溢彩；让我看到匍匐爬地的毕加索是如何耸立起一座20世纪的高峰。在别的地方，我见到的毕加索都是高峰，都是通体光芒四射，唯独在这里我才见到少年的毕加索、青春的毕加索、原始的毕加索。这里深深刻有毕加索的第一个脚印。这里的毕加索更让我感到亲近，甚至嗅到他身上乳臭未干的奶香，以及满地打滚时沾上的土香！

告别这座古旧的建筑，告别飘着印有"Picasso"字样的小旗，告别这条古色古香阴凉灰暗的蒙特卡达街巷，忽然听到街角传来一阵悠扬的小提琴声。我循声寻去，见到是一位老人在拉琴。他拉得特别投入，琴声如丝似缕，绵绵不绝，几分幽婉，格外抒情。我不知他是街头卖艺，还是自我陶醉。他的身边没有落下一枚铜币，也没有站着一名听众，他就那么动情而忘我地拉着他的琴，如入无人之境。我站在他的身旁，静静听他拉琴，站了许久，他也并不看我，依然自顾自地拉琴，让他的琴声在蒙特卡达街方石路面上跳跃、旋转。我想这琴声一定能够如毕加索画过的鸽子翩飞着洁白翅膀，飞进毕加索博物馆中的。老人的琴声太悠扬动听了。只不过刚才馆内人声嘈杂，拥挤不堪，我没有听见罢了。

毕加索，你听见了吗？

或许，毕加索听见，听不见，关系都不大，关键是我们自己能够听见就是了。谁都有毕加索19岁的时候，谁都有送给母亲的礼物，问题是我们能够如毕加索一样胆大妄为的画一幅《我是国王》送给妈妈作为礼物吗？不要怕人说自己狂妄，年轻的时候，如果都缩手缩脚，看别人的眼色，还能有什么出息呢？

1992年8月草于巴塞罗那

在巴塞罗那和高迪相逢

　　如果到欧洲，西班牙的巴塞罗那，是最值得一去的地方。西班牙本土最伟大的作家塞万提斯曾经盛赞"巴塞罗那是西班牙的骄傲和世界上最美丽的城市"。他的话一点都没有错，绝对不是夸饰。真的，我再也没有见过像是巴塞罗那那样富于艺术气息的城市了。这是因为在世界上再没有一座城市能够如巴塞罗那那样一下子拥有毕加索、米罗和高迪三位世界顶级艺术家。巴塞罗那的艺术气息，是这样三位出生在这座城市的艺术家创造的，它是从心里到骨子里散发出的迷人气息，是其他任何一个地方都无法比拟的，无法仿制的。

　　说心里话，到巴塞罗那前，我知道毕加索和米罗，对高迪却浅陋得一无所知。但是，在巴塞罗那，没有人不知道高迪。如果说，毕加索是以自己的绘画，米罗是以自己的雕塑，让巴塞罗那生辉，那么，高迪比他们两位还要醒目而让巴塞罗那高高矗立在人们的面前。因为作为建筑家，高迪是以自己那辉煌而至今无人超越的建筑，让巴塞罗那不同凡响。

　　站在巴塞罗那市中心的任何一个地方，哪怕是偏僻的角落，你都会看到巴塞罗那标志性的建筑，那是一座高大而奇特的尖顶式的建筑，像是童话中的宫殿一样矗立在那里，即使到了夜晚，它也灯光闪烁，金碧辉煌，衬托在地中海油画般的夜空中，眨动着神秘甚至诡谲的眼睛，仿佛是从遥远宇宙降临而下的老人，挥洒着冥冥世界里寓言般的缤纷如雨的星花。那就是安东尼奥·高迪毕一生心血而建的建筑杰作——神圣家族大教堂。

　　可以说，正是因为拥有高迪这样的建筑，才使得巴塞罗那整体的建筑风格与世界任何地方都截然不同。我是选择了一个阳光灿烂的下午（巴塞罗那又叫做"阳光之城"，它什么时候的阳光都是灿烂得晃人的眼睛），站在马略尔大街和普罗文萨大街之间的人行道上，神圣家族大教堂就在面前，我仰着头才能够看到它，四座尖塔高入云霄，镂空式的塔身所环绕而成的教堂，宛若一座光怪陆离的古堡，高高的塔尖在云彩中若隐若现，在阳光下金光四射，更增加了那种童话般的感觉。走进迷宫一样的教堂里面，更是扑朔迷离，尤其是站在塔顶，缥缈而眩晕的感觉是别处体验不到的。当然，如果仅仅是高，它便也没有什么特别神奇的，纽约的世贸大厦、芝加哥的西尔斯大厦，都远远地比它高，但是，它们都无法赶得上高迪这座建筑的艺术光芒。高迪在世的时候，就开始建筑这座被他自己起名的神圣家族大教堂，一直到他去世为止，这座大教堂还没有建设完。如今已经一个多世纪过去了，不停地建设，依然还没有建完，在它高高的塔顶周围现在仍然布满着铁制的脚手架，它们像是在大教堂四周特意围着的铁艺花边，也像是一个艺术的象征。它是一部未完成的交响乐，是世界建筑史上绝无仅有的奇迹。因为在世界上没有任何一座建筑，经历了如此漫长的岁月还在施工，似乎一位永远不知疲倦总在行走的长髯飘飘的行者。

对高迪的这座神圣家族大教堂叹为观止之后，我特意按图索骥找到了高迪为巴塞罗那创造的另外两处杰作：巴特罗大厦和米拉大厦。这是两座公寓的建筑，但已经不仅仅只是为居住，而是赋予了艺术的色彩和造型，是真正的赏心悦目，高迪特别用像我国琉璃瓦一样的瓦片装饰在拱顶和墙面上，特别地炫目艳丽。它们没有一般建筑的支撑和见棱见角的构架，而是随意赋型，变幻而扭曲的线条，仿佛奇妙寻找着平衡，很像是我们的面人那样柔软随便地流溢着，仿佛细风中摆动的袅袅柳枝。用高迪自己的话说：这叫做让建筑像一棵树那样长着。高迪就让他手下的建筑像树一样长着，长成了两棵造型怪异又神奇的圣诞树。

在这样的建筑面前，我们不由得会想到我们如今许多建筑，说是古典风格，欧陆风情，讲究所谓建筑美学，典雅气质，其实，已经越来越实用，越来越愿意在表面上做蜻蜓点水式的装饰文章。越来越愿意在建筑面积和使用面积，或在公摊面积和绿化面积上捉迷藏。我们不能不为我们的小家子气，为我们那些缺乏艺术质地和风格的千篇一律的建筑而羞愧。当然，高迪的建筑并不是为了实用，但我们的建筑也实在太讲究实用了。在这一点上，高迪的建筑应该给我们一些启示和警醒，因为任何一座建筑都不仅仅孤零零存在的，它都是和周围的环境和城市的氛围相融合的，那么，任何一座建筑当然需要实用的功能，但更需要艺术的气息，才能够让建筑本身和整座城市都得到提升。

高迪的建筑，无疑使得巴塞罗那让人刮目相看。在巴塞罗那的日子里，我不知道，同毕加索和米罗不一样，他们两位早早就离开了巴塞罗那到外面闯荡世界去了，高迪的一生是在巴塞罗那度过的。当然，我更不知道，高迪的故居在巴塞罗那的什么地方。我是无意之中发现高迪故居的。要说，真是一种缘分。它隐没在居埃尔公园的绿荫丛中，说是公园，其实不过是巴塞罗那城郊北部一座山。我是翌日中午坐上了地铁无意瞎走，极其盲目地走到这里，被地铁甩下车厢，看见了前面的路上正有一座上山的电动滚梯，就一脚迈了上去，竟然走到了这座居埃尔公园。

这里不要门票，但须爬上高高的山坡，涉过斗曲蛇弯的山间小径进入山的腹地，会有一群建筑让人一眼望到就忘不掉。建筑造型极为奇特，圆圆的顶，扭曲的身，蟒蛇一样螺旋上升，颇似哈哈镜中照出来的怪物。不用问也知道，这是只有高迪才会有的建筑风格。色彩极绚丽，碎瓷釉砖贴面，乍看颇似中国新疆地区伊斯兰式的建筑，细观拼成的爬虫居多的图案，才让人想到这是古摩尔式的变种，并非东方式的色彩图形。特别引人注目的是整个建筑内无支撑，外无扶垛，就那么兀兀立着，敦实坚挺，实在是个奇迹！

我相信所有初到这里来的人，都会和我一样，被这群变色龙般造型怪异、色彩烂漫的建筑所吸引，一下子呆在那里，心想高迪怎么会藏在巴塞罗那这样偏僻的地方？而忽略了它身旁绿树掩映下的高迪故居。那是一座哥特式的小楼。远远地看，有一堆乱石堆砌而成的圆柱和拱门遮挡，小楼只露出尖顶闪现在绿叶摇曳之中。对比这群耀眼的建筑，小楼确实没什么特色。吸引我向小楼方向走去，是因为圆柱前有一排硕大的照片，介绍这座公园的历史。我从中才知道公园里这群奇特的建筑出自西班牙最伟大的建筑师高迪之手。他自1922年亲自率领人马动手，不幸于1926年车祸丧生时只完成建筑的一半，而将另一半甩给了后人。1969年和1984年，巴塞罗那两次动工，悠悠过了半个多世纪，依然未完工，不知计划要到何时才可完全实现高迪生前的梦想。这不由得让我想起神圣家族大教堂，也是在高迪生前即开始动工，也是迄今为止尚未完工。石头砌成的建筑本是凝固的音乐，巴塞罗那到处有着他消失不散的音符。

细读照片，方知圆柱与拱门也是高迪为公园设计整体构想的一部分。乱石堆砌，浑灰一色，与对面变色龙建筑群的绚丽华美相比，似乎过于大胆而显得不协调，却让人在色彩大起大落中、线条起伏动荡里，体味出他出人意料之处的想象。这是一位怪异的建筑师，我边走边看边想，不由得上了山坡，脚踩在这群建筑之上。再往前走，就是那座哥特式小楼。小楼前竖着一块杏黄色木牌，我才发现原来这里是高迪的故居。牌上用英文写着："1906至1926年，高迪住此小楼。小楼建于1904年，作为故居展览于1969年。"算一算，高迪自54岁至74岁逝世时20年光景都居住在这里了。这里已是巴塞罗那郊外，即使现在也依然显得有些荒寂，倒退80年前更可想而知会如何孤寂冷落。高迪就是在暮年为这座荒僻的居埃尔燃起如此绚丽而奇特的梦境。孤寂的小楼，孤寂的心，却拥有着丰富的艺术生命！一下子，我对这位陌生的艺术大师格外崇敬！

小楼门紧锁，下午4时开门。我等到4时，150比塞塔一张门票让我得以进入，和高迪细细攀谈起来。两层小楼不大，一楼为客厅，两侧一边餐厅一边画室。客厅里悬挂着画家J. Moises于1913年为高迪画的油画像，才让我第一次见到高迪。原来他竟是一位银髯飘飘的老人，颇像生物学家达尔文。1913年他是61岁高龄的老人了，居然还有那样大胆的构想，那样奔放的色彩，真是让人难以想象。艺术家的青春与年龄太不成比例。超凡的艺术使得青春延长到了无限的空间。

二楼是卧室和工作室。卧室中只有一张单人床、一个大衣柜和高脚床头柜。墙上挂着受难耶稣的十字架，和一张故居之中唯一的高迪照片。陈设如此简单，几乎看不到一点儿艺术色彩，倒像是一位面包师或工艺匠的住所。工作间是另一副模样：一张写字台硕大无比，倾斜着，大概为画图所用；橱窗中摆一头狮头雕塑，或是高迪内心的一种象征、一种写意。四周墙上挂一列镜框，里面是高迪1900年18岁时的速写，幅幅端庄，一一写实，可以想象当初他在巴塞罗那省立建筑学校学习时期打下的坚实基础。而在工作间与卧室之间的厅堂中陈列的一幅幅作品速写、教堂草图，则变化多端，笔力迥异，可以充分嗅到高迪为他的艺术付出的生命气息。

进入一个陌生人的居室，等于走进一个人的内心。这位虽尚不到齐白石"衰年变法"的高龄，但在他的暮年，却摒弃了年轻时崇尚的维多利亚式的华姿翩翩，毅然与壮年时曾尝试的哥特式与巴洛克式做变种动态结合的历史风格分手，大胆想象出居埃尔公园色彩对比明艳、内外均无支撑的双平衡建筑，实在让人肃然起敬。虽然，他的建筑只有观赏性而欠实用性，但他的建筑所展示的丰富想象让人叹为观止！一个到了70岁的老人，还拥有丰富而浪漫的想象，那一个个缤纷的想象，犹如银色鸽子纷披翅膀上抖动着夕阳金子般辉煌的光泽！难怪他作品一件件都成了未完成的交响乐，他把想象空间继续留给未来的人们。他便把自己不死的灵魂与艺术也留在这片空间。

离开高迪故居，正是落日熔金时分，夕阳如血，晚霞如瀑，映照得居埃尔公园一派金碧辉煌。再走在巴塞罗那的街头，我才发现高迪的影子无所不在，远远超过了毕加索和米罗。尽管这两位艺术大师也曾在巴塞罗那生活过一段时间，也为巴塞罗那留下他们的一部分作品。对比高迪，他们稍逊风骚。这倒不仅仅因为在街上可以看到巴特罗和米拉大厦有高迪抹不掉的影子，在居埃尔公园和神圣家族大教堂有高迪挥不去的色彩，更在于它们依然在建设之中，它们留给人们想象的空间不是停滞，而是运动，而是拓展。毕加索和米罗在巴塞罗那没有留下这样一幅作品，而高迪留下了。于是，巴塞罗那因有高迪伟大的建筑而伟大，巴塞罗那便是高迪的巴塞罗那。

其实，无论如高迪这样伟大的艺术家，还是如我们这样一般的普通人，一辈子干的事业也好，做的事情也罢，都只是一件未完成的作品。但是，明知道最终我们完成不了，依然要坚持努力，才使得我们漫长的或短暂的一生具有了意义。这个意义，就是说，我们为了梦想努力过。

我真庆幸自己在巴塞罗那和高迪有这样一次意外的相逢。

1992年9月23日于北京

纽约遇蒙克

临离开纽约的那天中午，看报纸才知道蒙克回顾展，刚刚从波士顿移到纽约。想晚上七点的航班，下一次到纽约不知要什么时候，即使有机会再来纽约，恐怕也难这么巧再遇到蒙克，便午饭也没顾上吃，匆匆往现代艺术馆奔，好在不远，只离着两条街。没想到，并不是星期天，那里已经人山人海，看来，好多美国人都不愿意错过蒙克。这么多年，无论是蒙克生前还是死后，他只这样来过一次纽约。

在美国看画展，真是得天独厚，每座城市，每所大学，都有自己的美术馆，而且，都会定期举办特别展览，或以一位画家为中心，或以一种画派为主题，或以一个时期为范畴。蒙克回顾展，就是这样的一种特别展览，不能说是千载难逢，却也实在是我的运气。纽约现代艺术馆将蒙克家乡奥斯陆博物馆在内的世界各地所藏的蒙克的主要作品，居然有100多幅，都一揽怀中了。

蒙克就这样来到了对于他陌生的纽约，我猜想，他如果还活着，大概不大愿意来纽约，尤其是不愿意这样兴师动众地来纽约。这是我看了他的回顾展的感觉，他的画都很忧郁和悲哀，还有一点羞涩和自闭，失望乃至绝望情绪，如同画布上流淌下的色彩，特别是那幅《吸血鬼》，红色的头发，红色的血液，宣泄在浓重的黑的背景中。这样一位画家，怎么会跑到纽约这样的一个喧嚣的地方来呢？

蒙克对于我们并不陌生，他的《嚎叫》等画作，早就被介绍到中国来了。但站在他真实的画作前，和看印刷品的感觉截然不同，况且，这次是一下子被他这样多的画作所包围，真有点透不过气来。他早期的画，有些像德加，后期的画，让人更加震撼，简单，随意，有些像我们的齐白石那种大写意，却很压抑，充满内心的紧张感。

我还是爱看他的《春天》，窗台上的花开着，两个坐着的女人，虽然面目模糊，却感受得到她们忧伤的样子。还有《失望》，俯在河边栏杆上的男人，帽子和夜色一起遮挡住了他的脸，却依然能够感受到那忧伤和失望的样子。蒙克作品中的人物几乎都面目模糊，人物的心情都不表现在表面的脸部，而是弥散在整幅画的色彩和调子里，就像一位出色的演员，即使看他的背后，也能够看出来丰富的感情流淌的曲线。特别爱看他的《吻》，他画过多幅《吻》，人都在黑暗里，脸都处于逆光中，人吻的时候的表情基本看不到，只会让我感到人们亲吻时时闭着眼睛的，是和周围一样的一片黑暗，剩下的只是吻。

回顾展最前面的展板上，有蒙克的照片和他对绘画的理解，其中有这样一句他讲过的话："真正的艺术作品来自人类的内心世界。"可以说，这是这次他的回顾展的一块路标。画展的前几幅都是蒙克年轻时候画的自画像，那样的风华正茂；画展的最后有他晚年1940年至1942年（这时他已经79岁，两年后去世）画的在床边的自画像，那样的瘦骨嶙峋；一个人一生的轨迹都浓缩在这里了。

看得正在兴头上，机场突然来了电话，因为展厅里信号不强，接收的声音不清，只好跑到外面。原来是我的航班飞机出现了故障，要我改乘另外的航班，提前到五点起飞，一下子提前了两个小时。看看表，已经快到三点，离机场那么远，赶紧往机场赶。匆匆的，连回去和蒙克告声别都没来得及。

2006年初春于芝加哥

蒙德里安玻璃杯

在中国，知道梵高的人很多，知道蒙德里安的人少。几年前，我就属于后者，对蒙德里安一无所知。如今，不仅在中国，梵高已成为时髦的符号，他的杰作《向日葵》，克隆得到处都是，被炒成"傻子瓜子"或"正林瓜子"一般，消费在街头，装点于客厅。其实，蒙德里安和梵高是老乡，都是荷兰人。但那时，提起荷兰，我只知道梵高，再有就是风车和郁金香。

那是好多年前，儿子读大学的时候，一个星期天，他拿回来几幅印刷品的油画，画面上全是直线构成几何图案的色块，那些完全是由水平和垂直线条构成的图案，红、黑、黄、蓝和灰五种颜色分别涂抹在线条组合而成的大小不一的矩形中，有些像是马赛克的感觉，也有些像是拼贴画的感觉。这样的油画，似乎谁都可以画，只要有一把三角板和一个调色盘就行了，并不需要任何的技巧和手法。

那时候，我不知道这就是蒙德里安的作品。无技巧，恰恰是最大的技巧，所谓大味必淡。那种简单而规矩的线条，明快而干净的色块，呈现出来的高度单纯化和抽象化的风格，完全是和他的老乡梵高不一样的艺术。一种尘埃落定的宁静舒缓的节奏，沉淀在心头，有一种明月松间照，清泉石上流的感觉。

是儿子告诉我，他就是蒙德里安，和梵高一样的荷兰伟大的画家。他是特意拿回来给我看的，在他的学校里，常常可以接触到一些新鲜的东西，我明白他的意思，不仅让好东西和我一起分享，也希望我不要落伍，只知道梵高和那臭了街的向日葵。

以后，我和儿子一起在书店里买到了河北教育出版社出版的蒙德里安的画册。蒙德里安，像是我们家里一位新朋友，渐渐成为了老朋友。

四年前，儿子到美国留学，寒假里，他来了一封信，特别高兴地告诉我，他去芝加哥美术馆看到了蒙德里安的真画作了。他知道，蒙德里安是我们共同的喜爱，他乡遇故知的那种意外感觉，总愿意告诉我，就像他向我第一次拿回家蒙德里安的印刷品油画一样，仿佛蒙德里安真的是我们家什么熟人或亲戚。

那年暑假，儿子回家探亲，飞回北京已经是夜晚，回到家，第一件事是迫不及待地打开行李箱。一层层细细包裹的衣服里面，像是剥开一层层卷心菜的菜叶，露出里面的菜心，是一只宽口玻璃杯。那么远的路途奔波，还要中途在东京转机，带回一只玻璃杯，磕磕碰碰的，不怕碎了吗？我刚要责怪儿子，玻璃杯已经如一只漂亮的小鸟，小心翼翼地托在儿子的手心里，端在我的眼前。我看清了，原来是蒙德里安，玻璃杯的四周是蒙德里安的那再熟悉不过的图案。

那是他前些日子到纽约美术馆特意买的，带回学校，又特意带给我的。由水平和垂直线条以及红、黑、黄、蓝和灰五种颜色构成的那图案，曾经在我们家里，是那样的亲切、亲近，交织着过去的那一段难忘的日子，那一段日子是儿子读大学的日子，是每个星期天回到家里和我们在一起的日子。蒙德里安，用他那独特的线条和色彩充实着那些日子，让那些日子有了骨架的支撑和色彩的滋润。玻璃杯上的图案，就是蒙德里安一幅题名为《红、黑、黄、蓝、灰构成》作品的一部分，那是蒙德里安1920年的作品，在画册上，我们早已和它相遇过。

暑假过后，儿子又回美国上学去了。这只蒙德里安玻璃杯一直在家里的茶盘里。蒙德里安便一直在我的身边，儿子便也一直在我的身边。蒙德里安那独特的线条和色彩，曾经充实过儿子思念我们的那些日子，现在，开始充实着我们思念儿子的日子。

今年春天，我去美国看望儿子，利用春假，儿子带我去纽约，在大都市美术馆里，知道一定能够看到蒙德里安的作品，却没有想到有满满一间展室，陈列的都是蒙德里安的作品。看到的是蒙德里安的真迹，再不是在画册上，仿佛蒙德里安就在面前，真的是老朋友一般似的，让我涌出一种意外的激动。而在美术馆的商店里，摆着上下好几摞玻璃杯，上面都是蒙德里安那独特的图案。儿子买给我的那个玻璃杯，就是从这个柜台前带到北京，送到我的手里。遥远的距离就是这样在一瞬间被跨越，蒙德里安带我们一起漂洋过海，我们也带蒙德里安一起回家。

2006年6月于北京

雷诺阿听音乐会去了

去年夏天，美国费城专门举办了一个叫做"晚年雷诺阿"的特展，从全世界的美术馆里收集到了雷诺阿晚年几乎所有的作品，我特意赶去看。虽然早知道雷诺阿47岁开始患病，风湿造成关节炎和肺炎交织，一直在折磨着他；70岁时半身不遂，无法行走，只好坐上了轮椅。但是，在展览会的一间很小的放映厅里上看到一部黑白电影，发现晚年在戛纳家中的雷诺阿，枯叶一样萎缩在轮椅上的情景，还是让我吃惊不小。雷诺阿本来个子就矮小，萎缩在轮椅上的雷诺阿，显得越发瘦小，银须飘飘，老态龙钟、瘦骨嶙峋的样子，实在让我不敢相信这就是印象派的伟大画家雷诺阿。

更让我吃惊的是，就是这样老病缠身的雷诺阿，内心却依然如同一座火山一样，充满那样旺盛的创作力。在电影里，看到他把画笔绑在手臂上，挥洒着油彩在画架前工作的情景，实在是我想象不出来的。他穿着类似医生白大褂一样的画衣，衣服上沾满了油彩，显得脏兮兮的。他的手臂如同

枯枝，骨节变形的手指上
长满节瘤，贴着胶布，缠
着绷带，每画一笔都要比
一般人费劲了不知多少
倍，为了免去换画笔的麻
烦，他不得不使用同一支
画笔，每用完一次油彩
后，在旁边的松节油里涮
一涮，接着再画。画架前
的那种老迈、迟缓与艰
难，和画面上画出的那些
明亮的色彩，那些充满生

仿雷诺阿《雨》

气的人物，那些几乎都是阳光照透的树木花草湖水的景物，
对比得那样的醒目，甚至触目惊心，似乎有意在展示人生的
艰难与美好的两种面貌。

　　偌大的几个展厅，展览的都是雷诺阿晚年的作品。一个
瘫痪在轮椅上的老人，一个画笔要绑在手上的画家，还能够
画出这样多的画作，实在并不是每一个画家都能够做到的。

　　"晚年雷诺阿"，实在是一个好的创意，一个好的主
题。一边参观画展，我一边这样想。雷诺阿早期的作品，他

没有生病和瘫痪在轮椅上时期的作品，固然也非常出色，但如果我们知道这里展览的作品都是他坐在轮椅上，把画笔绑在手上画出来的，该会产生什么样的感觉？

有意思的是，晚年雷诺阿画的大多是女人的身影和裸体，那里的女人无一不是肥硕的，健康的，美丽的；而且，无不都是像小孩子一样天真的，清纯的，活泼的。每一个人物，每一株树，每一棵花草，都是那样的金光闪耀，除了明亮的金色之外，还有绿色、黄色和红色，渗透进胴体的肌肤里，渗透进叶脉和花瓣中。特别是画展的最后一幅画，题目叫做《音乐会》，音乐会在画面之外，雷诺阿画了两个肥硕的女人正在穿衣打扮，准备去听音乐会，那两个女人占天占地，占满整幅画框，满怀的喜悦之情，几乎要把画框冲破。

站在这幅油画面前，我看了很久，音乐会动人的旋律，在画面之外的远方荡漾。能够听见那美妙的音乐，也能够听见来自雷诺阿心中的那动人的心曲。心曲的主旋律，不是悲伤和哀怨，而是对日常平易而琐碎生活的热爱和憧憬，是战胜病痛和困难的达观和乐趣，是生活的温馨和希望。让我感受到，似乎越是艰难的生计和不如意的生活，越是老迈的病身和苍凉的心态，越是让雷诺阿能够在自己的作品中彰显他敏感而张扬的心。

在这之前，我没有看过这幅《音乐会》。看这幅画的时候，仿佛在对视雷诺阿，我真的非常感动。我想起1919年的12月27日，78岁的雷诺阿由于两个月前支气管炎再次复发，卧床不起，一连两周没有动笔画画了。这一天，他艰难地从床上爬了起来，他怎么可以不画画呢？画画成为了他生活中乃至生命中的一部分。他让人帮助扶着他坐上了轮椅，摇到画架前，准备画面前的那两个花瓶。然后，他让人去隔壁的房间取画笔，再像往常一样帮助自己把画笔绑在手上，就又可以画画了。就在画笔从隔壁的房间取回来的时候，他停止了呼吸。

我在想，雷诺阿一定是听音乐会去了。

2011年5月16日写于北京

拉伯雷故居记

为看拉伯雷故居，我一清早就从图尔往希农赶。心想拉伯雷的故居就在希农附近，到了那儿一打听准能够很容易找到。

图尔是卢瓦尔地区的首府，离希农只有二三十公里的路程，车子出城往南一直沿着卢瓦尔河边的省级公路走，两岸风光迷人，河水清澈，水草丰美，林木葱茏茂密，空气清新湿润得像过了滤。暗想真的是一方水土养一方人，这样的土地难怪会诞生那样多的作家，著名的巴尔扎克、普鲁斯特，还有拉伯雷的希农老乡乔治·桑，都是这里的人。当然，最使卢瓦尔骄傲的当属拉伯雷，这位文艺复兴时期的作家，不仅是法国文学和思想的重要的启蒙者，而且从辈分上来讲，是比这些作家年长几百岁的前辈。

来得早了，希农这座中世纪的古镇上基本上还没有人，鹅卵石铺就的小路两旁的小店还没有开门，咖啡馆露天座椅空荡荡的正虚席以待。倒是在伏尔泰小巷里看到了一家叫做拉伯雷的酒吧，在古镇的中心紧靠着维尼纳河有一座不小的拉伯雷端坐的青铜雕像，让拉伯雷的影子开始晃动在这静谧的小镇上。

终于，在维尼纳桥边看到了一块路牌，上面写着离拉伯雷故居德维尼耶村（La Deviniere）还有5公里，只是方向往西北，我们已经走过了。只好调头驱车折回往北开，维尼纳河是卢瓦尔河的一条支流，很快就消失在身后了，迎面而来的一片开阔的田野，金黄的油菜花和还未秀穗的青麦子，连接着远处的天际线。开出了已经远不止5公里，但前方看不到一点拉伯雷故居的迹象，因为没有一处村庄，也见不到一块路标。来到一个岔路口，车子停了下来，不知该往哪条路走。这些天卢瓦尔地区一直下雨，唯独这一天响晴薄日，热辣辣的阳光照得脑门子上直冒汗，却见不到一个人，不知道那么多的法国人都到哪儿去了。怀着瞎猫碰死耗子的心理，我硬着头皮把车子开上了一条路。开了不久，好不容易看到路边有几个修建花草的园林工人，忙停车打听，方才知道又走过了，是刚才岔路的另一条路。只好又打把调头往回开，车子拐进岔路，就沿着乡间小路走了，路旁尽是莫奈画过的那种叫做丽春花的小红花，红得那样洁净，鲜艳欲滴；远处是一望无际的葡萄园，风在青嫩的葡萄叶间游龙戏凤般惬意地穿行。

　　大约又开出了5公里的样子，看到一座小山丘上孤零零地立着几幢房子，心想这一定是拉伯雷的故居了。经历了如此三翻四抖的铺垫和起伏，拉伯雷终于出场了，像我们京戏里的大将出场都是这样讲究的，行话说是"范儿"才抖擞出来。

　　山坡上是一片绿草茵茵，山坡下立着一块牌子，呈一本打开的书的样子，上面有拉伯雷故居的介绍。沿着山坡的左侧，是一条林荫如盖的小路，带我们来到故居的门口。门小得不能再小，进门是个小卖部兼售票处，卖的东西很简单，只有明信片、纪念章和一些和拉伯雷相关的图书。卖票卖纪念品解说兼管理的只有一个戴眼镜的小伙子，5欧元一张门票，穿过小卖部就进了故居的院子，一下子轩豁开来，石子漫地，两侧各有一个不小的花园，阳光尽情泼洒，跳跃在每一粒石子上，替拉伯雷做热情欢迎状。

　　这样大的院落，不要说以前，就是现在，也算得上是一座豪宅了。拉伯雷的父亲不过是希农镇的一位律师，不知道以前就是这样的大，还是后来扩建的，许多故居都是在修复的时候，无形中慷慨地扩大了名人的使用面积。

　　院子左侧是陈列室，并未介绍在拉伯雷在时是做什么用的，我猜想可能是后建的。里面的墙上挂满了图文并茂的展框，其中最醒目的是拉伯雷为村子里一位孕妇做剖腹产的图片，据说拉伯雷从此而声名大振。这在今天看来算不得什么，但在500年前却是全法国绝无仅有的奇迹。拉伯雷可谓一位全才，医学、宗教、天文、考古、哲学，样样精通。他在附近蒙彼利埃大学学过医，是法国最早研究并实践人体解剖的医生之一。几乎和我们的鲁迅先生一样，他也是在治疗人身体上的疾病的同时，看到了人精神上受到的社会奴役，最终弃医从文，完成了他伟大的《巨人传》。

院子正面是几座尖顶坡面的房子，错落在起伏的山坡上，想这才是拉伯雷的老宅。正对面的一座房子，很有意思，门漆成红色，墙的上端布满蜂窝状的眼，下面爬着几根青藤，藤叶沿门楣上方将房子整齐环绕，为房子镶嵌起一圈绿色的花边。我以为这里是拉伯雷的住处，走进一看，空荡荡，只挂着几幅复制的《巨人传》的插图，巨人国王卡冈都亚和他的儿子庞大固埃做夸张的表情，在这个幽暗的房间里演绎中世纪离奇的戏剧。穿过房间，可以到厨房，也可以下到酒窖里。酒窖大得出乎我的意料，都说法国人爱喝葡萄酒，这才相信了，曲里拐弯的酒窖里挤满了酒桶和酒瓶，比故居里的书要多得多，便明白了房子外面墙上的蜂窝状的眼是为酒窖通风用的。也明白了拉伯雷在《巨人传》里为什么给那位国王取名卡冈都亚，卡冈都亚古法语里就是"大肚

在拉伯雷故居

量"的意思。为什么卡冈都亚刚刚出生，就那么能喝，一下子就能够喝下1.7万头奶牛的奶？为什么在这部小说的结尾主人公历尽千难万险寻找真理，找到了智慧的源泉"神瓶"的时候，"神瓶"告诉他的话是"喝呀！喝呀！"？只要到了这里，才会明白小说与生活的来龙去脉，再伟大的小说也会有平凡的出处，微小的种子可能就是在这里萌芽。我不禁胡思乱想，小时候的拉伯雷就在这幽深而神秘的酒窖里捉迷藏吧？整个故居里，酒窖保存得最为完整和原始，拱形的穹顶，凿得凹凸不平的石壁，无语话沧桑，诉说着建筑历史的遥远与神秘。

沿左侧的台阶上去，有一座二层小楼，一层应该是拉伯雷家的客厅，木头屋梁，老式壁炉，窄小的窗户，大概都和拉伯雷在时差不多，陈设却已面目皆非。现在中间和四周摆满玻璃柜，陈列的是他的文献、图片、手迹、速写草稿，都是复制品，用现代的科技手段和他进行跨时空的链接，企图和他呼吸相通。最有意思的是墙上挂着不同时期画家画的许多幅拉伯雷的油画像，却是每一幅画的都不相同，谁也说不出哪一幅才是正宗，更吻合拉伯雷本人，各吹各的调，各画各自心中想象中的拉伯雷。

楼上是拉伯雷的卧室，看一个人的私密空间，有一种偷窥的感觉，让你容易遐思翩翩，进而猜测一个人的性格和为人。这里的窄小和酒窖的阔大，呈鲜明的对比，一个伟大的作家，一个家境殷实的作家，并不要求自己的居住面积，要求的是自己心灵和想象的空间的无穷大吧？特别是他的床，小得像儿童床，让我格外好奇地猜想，拉伯雷的个子就那么小吗？就如我们的鲁迅先生一样？

左后两侧的花园，都在山坡之上，各有特色，右面种满了鲜花，鸢尾、绣球、大丽花……左面是地毯一般的青草坪，山坡下就是葡萄园，再往远处望，能够望得到熠熠闪亮的维尼纳河和灰白色蒙邦西尔古堡，整个故居更是一览脚下。儿时和年轻时的拉伯雷常常从河和古堡那边，或上学或玩耍或给人治病之后回到家里来，他哪里会知道500年后会有几个中国的读者来这里和他相会？此刻的拉伯雷故居里，除了我们几个远道而来的参观者，没有其他一个人，游人们更愿意到古堡特别是有名的香波堡或舍侬索堡去了。在世界的任何一个地方，如今的文学都不会热闹得游人若织。再伟大如拉伯雷一样的作家故居，也不会像老佛爷店一样门庭若市。也许，这正是拉伯雷要的清静。

2009年6月写于北京

布拉格雨霏霏

　　10月的布拉格，迎接我们的一直是细雨霏霏。我们一行四人组成的中国作家代表团，披戴着总也拂不去的雨丝，脚步匆匆几乎游遍了布拉格的老城与新城的名胜古迹。这一天，团长四川的老作家王火提议：我们应该去找一找丹娜先生的墓地，为丹娜先生专门扫一扫墓。

　　这实在是应该的，丹娜先生是中国的老朋友，如果说曾经和鲁迅先生有过交往并得鲁迅先生赞扬的普什科，是捷克第一代著名的汉学家，丹娜先生是捷克的第二代汉学家了。她曾经在北京外语学院教过捷语多年，翻译过艾青等人著作，编写了捷克的第一本《捷华大词典》，至今还在捷克沿用，是最具权威的词典了。可惜，1976年，她不幸于车祸中丧生。那时，中国还没有粉碎"四人帮"，她一直实在不明白像艾青这样的诗人怎么会是反革命，被发配到边疆而再不能写诗。临终前，她还念叨这事，未能释怀。她对艾青的感情很深，艾青落难之前到过她的国家捷克，专门到她家的书房拜访；艾青落难之后，她专门将问候和牵挂的明信片寄往新疆。她对中国的感情很深，她将中国当成她的第二故乡。只是她死得太突然，太早，太可惜，仅仅47岁。

我们请查理大学汉语系的学生何志达为我们带路，因为丹娜先生的墓地在布拉格郊区奥尔格桑公墓，比较偏僻，也比较远，难找。长着一双忧郁大眼睛的何志达，刚刚学汉语不久，但对中国充满兴趣。我想这大概是出于家传，他才有志于汉语的学习并取了这样一个名字。他的奶奶是捷华协会的主席，爷爷是捷克第一任驻中国大使馆的文化参赞，20世纪50年代，中国文化代表团第一次访问捷克，团长是郭沫若先生，特意为他的爷爷和奶奶取了中国的名字，一个叫何德理，一个叫何德佳，便命中注定他们一家子和中国有着割舍不断的联系。

细雨一直飘飘洒洒，天空阴霾而低沉，去墓地的路显得有些阴郁，又需要换地铁和汽车，路显得很漫长。这样的路，是丹娜先生逝世之后，第一次有中国作家踏上并前往她的墓地。大概是阴差阳错的缘故吧，自从1976年以来这么长时间，我们是第一个来到捷克的中国作家代表团。丹娜先生去世后，她的姐姐曾经写信给中国大使馆，希望以后如果有中国的作家来到布拉格的话，请中国的作家能到丹娜先生的墓地去看一看，她的墓地一直很冷清。21年了，丹娜的姐姐的愿望才得以实现，我们的心都不知是什么滋味。在这个世界上，无论对一个人，还是对一个国家，充满误解和敌视，雾一样弥漫着的人，是很多的，丹娜先生却对中国自始至终至死不渝地理解和有情，是让人敬佩和难忘的。

紧紧地跟随在何志达的身后匆匆地向墓地走去，我的心里只是默默地在说：我们来得太晚了一些，21年，为什么需要等待21年这样长的时间，才能赶到丹娜先生的墓地去祭扫？21年，丹娜先生墓前的青草该长高而萋萋蔓延了吧？她是一直在渴望听到有中国人的脚步声，听到有中国人对她轻轻的诉说声啊。可是，她的墓前却一直只有来自伏尔塔瓦河的风声，她的墓前只有一年接一年的荒草青了又黄黄了又青……

据说，艾青平反后从新疆回到北京时听说丹娜先生逝世的消息，特意写了一首怀念丹娜先生的诗，名字叫做《致亡友丹娜之灵》。在这首诗中，艾青这样写道——

我们这个时代的友情

多么可贵又多么艰辛

像火灾后留下的照片

像地震后拣起的瓷碗

像沉船露出海面的桅杆……

　　这样深情的诗，是心底情不自禁的流淌。这样真挚的友情，跨越国界和死亡。丹娜先生知道吗？艾青现在也已故去，再无法到布拉格来了，让我们替他把这份怀念捎给丹娜先生吧。

　　我们在墓园门前买了一个小小的花圈，小何志达买了一盒火柴，开头，我们不明白他为什么要买火柴，后来才知道捷克人有这样的习俗，在故人的墓前要点一盏蜡烛做的长明灯。

　　这是一个普通的墓地，与布拉格的维谢赫拉德的名人公墓相比，显得格外凄清，像一个被人遗忘的角落。走进墓地，由于里面的树木很多很高很茂密，便显得更加阴郁和压抑。偌大的墓地，没有一个人，只有瑟瑟的风声。风很冷，吹得树叶簌簌抖动，雨珠从树叶上滚落，地面上青草没膝，一片潮湿，含泪带啼般，风也吹不动。

　　丹娜先生的墓很普通，一块简单的墓碑上，用金色的字刻着她的名字和她的生卒年月：19.2，1929—30.10，1976；下面刻着的是她一生的主要著作，包括她的《捷华大词典》。这是她最主要的财富，如果说她还有什么值得珍贵的，那就是她和丈夫离婚后唯一的财产——一辆小汽车了。但就是这辆小汽车给她带来了不幸，要了她的性命呀！

她的墓碑实在太简单，应该再刻上艾青怀念她的诗："我们这个时代的友情……"在这个墓碑前想起这样的诗句，让人感动得想落泪，也会让人想到许多。如果刻上去该多好呀！

就在我们跟着小何志达刚刚走近丹娜先生的墓地时，忽然前面的树丛中枝叶不住地动，浓密的枝叶间露出一张胡须斑白皱纹沧桑的脸，如同童话中的林中老人，如同《圣经》中的先知，小何志达的爷爷何德理先生迈着蹒跚的步子，向我们走来。显然，他在这里等待我们多时了，羽绒服和一双旅游鞋都被雨水打得精湿。

他是有些不大放心他的孙子，特意赶来等候我们并接我们回去的。看着雨丝扑满他的脸庞，我们都很感动。他却说今天因为你们的到来丹娜不知要多感动呢。小何在墓前燃亮起红红蜡烛火苗的长明灯，我们和这位80多岁的老人一起向丹娜先生的墓鞠躬致敬时，彼此的脸上辉映着同样温暖的烛光，彼此的心头涌出的是相互感知的感情。21年了，丹娜先生地下有知的话，也会涌出同样的感情。我们毕竟来了，我们不会忘记一切曾经给予过我们友情的人。

何德理老先生开着他那辆老掉牙的拉达破车，带我们离开了阴郁的墓地，我们彼此心里都有许多话要说，但什么也说不出来，一任车子在布拉格的绵绵秋雨中颠簸，落叶和雨珠一起纷纷扑打在车窗前。就这样，他一直把我们拉到一个偏僻但格外宁静的教堂旁的一座咖啡馆。他告诉我们并特意在咖啡糖纸袋上写上了这个教堂的名字：克拉斯特教堂。他说这是13世纪的建筑，时光过去了这么久，它还巍巍健在。我知道，世界上有些东西，有些感情，是不会随着岁月的潮水冲淡、冲远的。

咖啡很苦，但很浓、很热。当一杯咖啡捧在手中，布拉格如丝似缕的细雨便都融化在咖啡中了。

1997年11月记于布拉格

在涅果什故居

在贝尔格莱德，有广场上专门矗立着涅果什的青铜雕像，在他们的作家协会的会议室里，也专门摆放着涅果什的半身雕像。说来惭愧，来南斯拉夫之前，我不知道涅果什。但涅果什在南斯拉夫非常有名，即使随便问一个普通的中学生，都会知道他，说他是南斯拉夫的裴多菲或拜伦，并不为过。他的最著名的诗剧《山地花环》，我国曾有译本，20世纪80年代由人民文学出版社出版。这本诗，在南斯拉夫几乎尽人皆晓，谁都知道是一本反映18世纪南斯拉夫当时黑山民族奋起反抗土耳其侵略的英雄诗篇。只要你对南斯拉夫人哪怕简单发出"涅果什"三个音节，他们都会立刻心领神会，知道你是在说他们引以为自豪的英雄诗人。

很幸运，到南斯拉夫能够又来到黑山共和国的首府波多戈里察，这里离涅果什的故乡茨地涅只有一步之遥，开车一个小时即可到达。黑山共和国作家协会主席、副主席二人分别驾车带我们来到茨地涅。这是一群山环抱的小城，十分美，正是深秋季节，树叶变红变黄，摇曳着树树色彩缤纷，如同油画一般。只要看涅果什的《山地花环》，便会知道别看这地方小，藏在深山之中不大显眼，却是一个英雄的地方。土耳其人侵略南斯拉夫有近500年的历史，用炮火武力侵占了南斯拉夫几乎所有的地方，唯独没有攻占下这里。可见这里的人民是多么的英勇顽强，涅果什的诗篇当然为南斯拉夫人所骄傲。

涅果什于1813年生，1851年去世，仅仅活了38岁。当时是政教合一，他是黑山王国的国王兼宗教领袖。在这个位置上，不允许结婚。《山地花环》是1847年他34岁时的作品。一个国王，还能够成为一名伟大的诗人，这在世界上并不多见。来到茨地涅，处处都有涅果什的影子，确实让人敬仰。

我们来到茨地涅涅果什的故居，这里现在是涅果什的展览馆，完全是结实的石头的建筑，纹理清晰而粗犷的石头房屋，黑白分明，朴素敦厚，是与那些巴洛克建筑别样的风格。走进展览馆，方知涅果什的《山地花环》在世界上已被翻译成72种语言，各种版本的书都陈列在这里，我国的译本也端坐在玻璃柜台内。几十幅由黑山画家别罗波察克画的油画插图，花环一般环绕在这些书的周围，又像是一个由色彩组成的城堡，紧紧地将涅果什这70多个孩子环绕其间。

还让我惊异的是涅果什竟是一个身高两米多的壮汉，在这里陈列他坐过的椅子的腿都需要再加高一截，可以想象他那顶天立地的样子。原来只以为我国的作家冯骥才的个头就够高的了，没想到这里还有更高的，大概是迄今为止世界上最高的诗人了吧？

另外让我奇怪的是，这里还陈列着涅果什唯一留下的一张爱情诗手稿，就摆放在他的《山地花环》手稿的旁边。因为他是宗教的领袖不允许结婚，写作爱情诗在当时是犯忌的，所以他只能悄悄地写下草稿，独自一人吟咏回味，而不能像《山地花环》那样公开发表。可惜，我不懂塞尔维亚语，不知道他到底写了些什么，不知道在他短暂的一生中究竟爱的是什么人。不过，一边是力拔山兮的英雄的诗篇，另一边是温柔缱绻的爱情的诗篇，也足以能让我触摸到涅果什的内心世界了。100多年前他曾经用过的笔和长圆形的铜墨水盒还在，100多年前他写下的字墨迹还未褪去，真觉得时间似乎并未隔开太久远，涅果什仿佛就坐眼前的桌前写作他的诗篇。看他的手稿的字体是那样清秀整齐，几乎没有什么改动，与他那人高马大的外表太不成比例。如果想看清一个作家，尤其是想看清他或她立体真实的模样，光看印好的书是不够的，最好能看看他或她的手稿。

涅果什雕像

　　在这里，我还看到了涅果什在写成《山地花环》那一年创办的黑山第一所学校的照片，并让他的侄子在这所学校里教书（以后就是这个侄子继承了他的王位）；我还看到了他创办的黑山第一个文学刊物《格里察》（汉语"鸽子"的意思）。我也就明白了，为什么他身为一个国王又是一个主教居然还能写出这样不朽的诗篇的原因了。他不光是一个人高马大的勇武之士，还是如此重视文化并身体力行。

　　我们已经知道世界上拥有许多伟大的诗人，我们不应该遗忘还有这样一个伟大又奇特的诗人，他就是涅果什。这个世界无论过去还是现在或是未来，都需要诗和诗人，问题是需要的是什么样的诗和什么样的诗人。有的诗有的诗人，人还未死就全被人遗忘，而涅果什死去已一个半世纪，人们还这样怀有如此敬意地记住了他。这或许告诉了我们诗存在的价值和意义。

2006年10月1日于贝尔格莱德

橡树公园

橡树公园（Oak Park）在芝加哥西，不算远，大约一个小时的车程。说是公园，其实是个小镇，一个非常漂亮典雅的小镇。沿着一个叫做奥斯汀的街心花园往前走，这条街叫森林街，也许来得早了些，不到上午十点，街上看不见一个人，薄雾中安静得像是个远避尘嚣的隐士。正是春天，紫色的玉兰、金黄的连翘、白色的丁香，到处盛开，榆树、朴树和冬青新发的绿叶，也格外清新，就是没有见到橡树，不知为什么叫做橡树公园。

走不远，就见到街道两旁莱特（F.L.Wright）的建筑，他的建筑特点异常显著：日本式样的平屋顶、宽屋檐、矮屋梁，水平

在芝加哥大学

线条的分外强调，东方风格的夸张洋溢，特别喜欢用褐红色墙砖和彩色的玻璃，是一眼就能够看得出来的。由于我在芝加哥大学里已经见过他设计的罗比住宅，所以，在这里远远地看见他的建筑，有些见到老朋友的感觉。

　　莱特是美国有名的建筑设计大师，橡树公园里，有他设计的建筑20余座（现在绝大多数是有钱人的私宅），成为他早期作品集中的实验基地。他自己也在这里居住，有他在1889年（20岁时）专门为自己设计建成的宅邸，就在这条街道的尽头，现在是他的博物馆，形成了众星捧月般的中心建筑，来这里的人首先参观之地。一辆出租车停在那里，看来还有比我早来的先行者，可惜，时间过早，还没有到参观的时间。另一座他的建筑前，有块天然不规则的石头，正面刻着他的名字和简单的生平，一侧用根钢管单摆浮搁地挑着他的一尊青铜头像，瘦削而其貌不扬，和他灿烂的建筑呈不规则的对比。

莱特设计的房子（素描）

　　来橡树公园，主要看莱特，再有是看海明威。不过美国人自己似乎更看重莱特，在橡树公园的中心街道上，所有立着的路牌用的都是莱特设计的那种线条爽朗类似蒙德里安的图样，成为了这个小镇的标志，而旅游中心里所介绍的也都是莱特和他的房子，所卖的明信片没有一张和海明威有关，都是莱特那各式各样漂亮而奇特的房子。看来，房子和文学，一实用，一不实用，或曰一现实主义，一浪漫主义，美国人也是情不自禁地站在前者一边，是全球化的选择，因此，冷淡了海明威，便是再自然不过的。

　　海明威出生在这个小镇，这里有他的故居，但找它时稍微麻烦了些，一是他的房子没有什么特点，根本无法和莱特的相比，让人老远就能够认出来；二是它根本不在这条街上。穿过两条街，又问了一位正练跑步的女学生，才知道它就在路的对面，一座毫不起眼的二层尖顶小白楼，这样的小楼，别说和莱特的那些豪宅比起来显得寒酸，就是和周围其他的一般楼相比，也没有任何显山显水的地方，难怪差点儿和它失之交臂。穿过马路，小楼前没有围栏，只有一块木牌，上面写着海明威于1899年7月21日出生于此的简单文字。如果没有这块木牌，这只是一座老迈龙钟而久无人居住的木楼而已。

　　同样没有开门，无法进去参观，登上吱吱直响的木楼梯，只能够趴在一楼的窗上看看屋里面，隐隐看得到一些发黄的照片挂在墙上，还有他小时候练的小提琴，画过的油画，玩过的玩具，弥散着一个孩子童年的气息，和其他的孩子并无二致。可惜看不到二楼的窗子，海明威就出生在二楼那里：9磅半重，2.3英尺长，不小的个儿；蓝色的眼睛，浓黑的头发，很漂亮的孩子。他母亲曾经说：他呱呱落地的时候，窗外的知更鸟正在唱歌。当然，这是海明威母亲的说法，他的母亲曾经是个歌唱家。

　　海明威在这座小楼上住了将近7年，1906年的4月搬走。童年，并没有给海明威带来什么快乐的回忆，知更鸟的歌唱，只是母亲一厢情愿的诗意。海明威一生对自己的母亲都没有好感，甚至对母亲都耻于提及。他母亲说："母亲的爱就像一座银行，她所生的每一个孩子，都带着一本有

海明威故居（素描）

巨额存款的银行账户。"海明威却说："不幸的童年只是作家的摇篮。"

站在如今显得有些寂寥的海明威故居前，理不清他们母子间的爱恨情仇。往事淡去，如烟如雾。望望四周，只是多少明白点儿当年海明威所居住的地方，和莱特建筑的街区，显然有着明显的区别，莱特住的是富人区，而这里当年显然已经是小镇的边缘了。因为斜对面不远的地方，便是后来建的一座很大的海明威博物馆，如果当年这里没有空地，若是在莱特那寸土寸金的地盘上，根本无法想象能够平地起高楼的。

有意思的是，就在海明威博物馆的正对面，有家叫做海明威的餐馆，这多少让我感到有些安慰，因为小镇上没有一家餐馆叫做莱特的，起码说明海明威的名气比莱特还是要大些的，人们才愿意打海明威的招牌。不过，再一想，作为一代硬汉文学象征的海明威，如今沦落到烹调的世俗的餐饮之中，哪一道菜可以意象地叫做"老人与海"，哪一道菜又可以化繁为简叫做"乞力马扎罗的雪"呢？

走不远，在一座教堂前，遇见一位美国中年男人，拉住我，和我热情地交谈起来。他是一位传教士，在加纳一个古老的部落里传教，他有四个可爱的女儿，最小的是对双胞胎，其中一个病了，非要回美国治疗不可，他才带着全家回来了。现在，他的四个女儿正在教堂里，待一会儿就出来，在广场前玩一种抢糖的游戏，他站在这里正等着自己可爱的女儿。我才发现今天是复活节，教堂前的广场上撒满了花花绿绿的蛋形糖果，在灿烂的阳光下格外耀眼。我也才发现，对于他，无论莱特，还是海明威，此刻都并不关心。他们都离我们太远，或者说，他们只是这个小镇的几座已经司空见惯的老屋。

2006年5月于芝加哥

寻找贝多芬

有一段时间，我突然不喜欢贝多芬，而把兴趣转向勃拉姆斯和德彪西。我觉得世上将贝多芬那"命运的敲门声"过分夸张，几乎无所不在，不仅在文学作品中屡见不鲜，以此为主人公命运的点缀，就连詹姆斯·拉斯特和保罗·莫里亚的现代轻音乐队，也可以肆意演奏他的《命运》，强烈的打击乐莫非也能发出"命运的敲门声"吗？这很有些像那一阵子将莎士比亚的《奥赛罗》改成我们的京戏，让人啼笑皆非。过分夸张，几乎可以成为漫画，但那已经绝不再是贝多芬。而天天、处处听那"命运的敲门声"，实在也让人受不了。贝多芬既非指照明灯那样的思想家，也不能通俗得如同敲打不停的爵士鼓。

其实，那一段时间，我如一些浅薄的人一样，对贝多芬所知甚少。除《命运》《英雄》之外，他还有着浩瀚的音乐财富。

一个闷热不雨的夏天，我忽然听到美国著名小提琴家雅沙·海菲兹演奏的小提琴。那乐曲荡气回肠，一下子把我带入另一番神清气爽的境界。尤其是乐曲的第二乐章，柔美抒情中带着绵绵无尽的沉思，那音乐主题由小提琴带动不同乐器反复出现，真让人感到面前有一幅动情的画在徐徐展开，呈现出层次丰富而色彩纷呈的画面，那乐曲让我深深感受到天是那样蓝，海是那样纯，周围的夜是那样明亮、深邃、清凉一片而沁人心脾……

后来，我知道，这同样是贝多芬的乐曲：《D大调小提琴协奏曲》。

贝多芬原来也还有这样近乎缠绵而美妙动情的旋律。我也知道：正是创作这支协奏曲那一年，贝多芬与匈牙利的伯爵小姐苔莱丝·勃朗斯威克订了婚。他将他的爱情心曲融进那七彩音符中。

贝多芬不是完人，却是一位巨人。当我更多地接触了一些他的音乐作品，才深感自己是面对一座高山一片森林，原来却以一石一叶而障目，自己远远没有接近这座山这片森林。贝多芬并不是夏日流行的西红柿和冬天储存的大白菜，可以俯拾皆是。他不能处处时时为你敲门，也不会恋人般无所不在地等候与你相逢。他需要寻找，用心碰他的心。

春天，我从海涅的故乡杜塞尔多夫出发，到科隆，然后来到波恩。我是专门来找贝多芬的。在这座城市波恩小巷20号的二层小楼上，1770年12月16日，诞生了这位音乐巨匠。

那一天到达波恩已是黄昏，天在下着蒙蒙细雨，沾衣欲湿，如丝似缕。踏上通往波恩小巷的碎石小道，我心里很为曾经对贝多芬的亵渎而惭愧。对一个人的了解是世上最难的事。对音乐的认识，我真还是识简谱阶段。此番之行，算是对贝多芬真诚的歉疚。

当我不止一次听贝多芬《月光奏鸣曲》和《D大调小提琴协奏曲》，每一次都为他的深情感动。贝多芬在作了这首小提琴协奏曲4年之后，他与苔莱丝小姐的婚事未成，再一次打击迎接了他，但他依然源源不断地创作出《热情》《田园》那样美妙动人的乐章。我相信这是那矢志不渝的爱的结晶。要不为什么在10年后，贝多芬提起苔莱丝仍然说："一想到她，我的心就跳得像初次见到她时那样剧烈！"而且写下那一往情深的《献给远方爱的人》。

不管别人如何理解贝多芬，我心目中的贝多芬的外表，绝不像街头批量生产的那种贝多芬石膏头像，也不时被人们形容的那种"狮子似的鼻尖和骇人的鼻孔"的李尔王式的悲剧人物。我懂得，他所经历的痛苦远远比我们一般凡人多得多，但他绝不仅仅是一个天天咬着嘴角、皱着眉头、忧郁而愤恨的人。正由于他对痛苦的经历与认识比我们多，对爱欲欢乐渴望的意义才比我们更为深刻，更为刻骨铭心而一往情深。他不是那种描绘性的作曲家，而是用自己的深情、自己的心和灵魂进行创作的音乐家。我想，正因为这样，在他创作的最后一部《第九交响曲》中，既有庄严的第一乐章的快板，也有如歌的第三乐章的慢板，更有第四乐章那浑然一体高亢而情深的《欢乐颂》。听这样的音乐实在是灵魂的颤动，是心与心的碰撞，是感情世界的宣泄，是人与宇宙融为一体的升华。

雨丝飘飘洒洒，似乎也沾染上了贝多芬动人的旋律。暮色中的波恩笼罩着几分伤感的情调。小巷不长，很快便到了一座并不高的小楼前：淡藕荷色的墙，苹果绿的窗，翡翠绿的门，门楣上雕刻着橙黄色的花纹——均是新油饰而成。墙上排雨管边镶着一块木制门牌，阿拉伯数字"20"分外醒目。这便是贝多芬的故居？简陋而显得寒酸，如同他最后指挥《第九交响曲》一样，连一身黑色燕尾服都没有，只好穿件绿燕尾服将就。至于那门窗墙的颜色搭配得不协调，简直像是出自小学生之手，这未免太委屈了贝多芬。只有门前两个方形的小小的花坛中栽满红的黄的不知名的小花，在雨雾中含泪带啼般楚楚动人。

可惜，我来晚了，早过了参观时间，绿门已经紧闭。我无法亲眼看看贝多芬儿时睡过的床、弹过的琴，和他那些珍贵的手稿。我只有默默地仰望着二楼那扇小窗，幻想着这一刻贝多芬能够从中探出头来，向我挥一挥手；或者从那窗内飘出一缕琴声，伴随着他那一阵阵咳嗽声……

没有。什么也没有。只有雨还在如丝似缕地飘洒，只有门前的小花在晚风中悄悄细语。但我分明已经感受到了贝多芬本人的气息！我终于找到了他，虽未能认识他的全部，但毕竟结识了他！我的心头突地掠过一阵音乐声，是我自己谱就的，虽然不成体统，却是真诚的，从心底发出的。我相信它一定能长上翅膀，飞进小楼的窗中，飞进历史苍茫的岁月，飞到贝多芬熟睡的身旁……

街灯，在这一刹那全亮了。雨中朦朦胧胧的一片，像眨动着无数只小眼睛。哪一双眼睛是属于贝多芬的？

就在这20号门旁，是一家小商店。它的对面也是家商店，不远处可以看见有汉字招牌的中国餐馆。每一家都是灯火辉煌，正是生意兴隆时辰。唯独20号这幢楼暗暗的静静的，睡着了一样。

就这样默默地走了，真不甘心！一步一回头，总觉得那窗口、那门前、那花旁、那雨中，宽脑门的贝多芬会突然出现。那样的话，我敢说所有那些商店餐馆里的人都会涌出，所有辉煌的灯光也会黯然失色。

走出小巷不远，是市政大厅前宽敞的广场。我真的看见了贝多芬，他穿着件破旧的大衣，手搭在胸前，双眼严峻却不失热情地望着我。那是屹立在那里的一座贝多芬雕像。在这里，即使没有雕像，贝多芬的影子也会处处闪现，他的音乐晚会日夜不息地流淌在波恩小巷乃至整座城市上空，然后顺着莱茵河一直飘向远方。

广场旁传来一阵六弦琴声。那里，在一家商店的屋檐下，一位流浪歌手正在演奏。在杜塞尔多夫，在科隆，我都曾经见过他。他似乎只管耕耘，不问收获，每次不管听众有几个，也不管有没有人往他甩在地上的草帽里扔马克，他一样激情而忘我地演唱或演奏。这一天，同样没有几个人在听，他同样认真而情深意长地弹着他的六弦琴。

我听出来了，那是贝多芬的《致爱丽丝》。

1990年11月8日于贝多芬220周年诞辰前夕

春天去看肖邦

说来真巧，去肖邦故居那天，正好赶上是春分。

肖邦故居位于华沙市区50公里外一个叫做沃拉的小村。车子驶出市区，便是一片开阔的原野，平坦的土地大部分裸露着，还没有返青，到处是一丛丛亭亭玉立的白桦树，和一片片的苹果树和樱桃树，油画一样静静地站立在湛蓝的天空之下。再晚一个多星期，田野就绿了，果树都会开花，那样的话，肖邦会在缤纷的花丛中迎接我们了。

老远就看见了路牌：WOLA，虽然是波兰文，拼音也拼出来了，就是我梦想中的沃拉。

肖邦故居的门口很小，里面的院子大得出乎我的想象，虽还是一片萧瑟，但树木多得惊人，深邃的树林里铺满经冬未扫的厚厚树叶，疏朗的枝条筛下雾一样飘曳的阳光，右手的方向还有条弯弯的小河（肖邦9岁时在这条小河里学会游泳），宁静得如同旷世已久的童话，阔大得如同一个贵族的庄园。肖邦的父亲当时只是参加反对沙皇的武装起义失败后跑到这里教法语的一个法国人，破落而贫寒，怎么可能买得起这么大的庄园？我真是很怀疑，无论是波兰人还是我们，都很愿意剪裁历史而为名人锦上添花，心里便暗暗地揣测，会不会是在建肖邦故居时扩大了地盘？

我想起1891年的秋天，也就是在肖邦逝世42年之后，俄罗斯的音乐家巴拉基耶夫建议在沃拉建立一座肖邦纪念碑，曾经专门请假到这里来过，但是，他已经寻找不到哪里是肖邦的故居了，问遍村里的人，甚至不知肖邦是谁。肖邦怎么可能有这么大的园子？真有这么轩豁显赫的园子，村里的人会不知道住在这里的人是谁吗？

如今，肖邦纪念碑就立在小河前不远的地方，和故居的房子遥遥相望。那是一座大理石做的方尖碑，非常简洁爽朗。上面有肖邦头像的金色浮雕，浮雕下面有竖琴做成的图案，两者间雕刻着肖邦的名字和生卒年月。

那幢在繁茂树木掩映下的白色房子，就是肖邦的故居了。房子不大，倒很和肖邦当时家境吻合。如果房前没有两尊肖邦的青铜和铁铸的雕像，和村里其他普通的房子没有什么两样。它中间开门，左右各三扇窗子，各三间小屋，分别住着他的父母和他的两个妹妹。如今，成了展室，展柜里有肖邦小时候画的画，他的画很有天分，还有他送给父亲的生

肖邦故居

日贺卡，是他自己亲手制作的。墙上的镜框里陈列着1821年肖邦12岁时创作的第一首钢琴曲的手稿：降A大调波罗乃兹。五线谱上的每一个音符都写得那样清秀纤细，让我忍不住想起他的那些天籁一般澄清透明的夜曲和他那被做成纤长而柔弱无骨一般的手模。

　　最醒目的，莫过于刚进去在右面屋子里摆放着的一架三角钢琴。节假日，特别是在夏天的节假日里，房间里所有的窗户会打开，人们可以坐在它旁边弹奏，听众就坐在外面的草地或树丛中聆听。可惜，我们来的不是时候，只能想象那样美妙的情景，一定是人们和肖邦最亲近的时候。

客厅的一侧，有一个拱形的门洞，但没有门框、门楣和房门，空空地敞开着，门洞的后面是一扇窗，明亮的阳光透过窗纱洒进来，将那里打成一片橘黄色的光晕。走过去一看才知道，那里就是肖邦出生的地方，竟然只是一块窄窄的长条，长有五六米，宽却大概连1米都不到，因为中间放着一个大花瓶就把宽的位置占满了。靠窗户的墙两边分别挂着肖邦的教父和教母的照片，墙外面一侧挂着的镜框里放着圣罗切教堂出具的肖邦的出生证和洗礼纪录，另一侧镶嵌着一块汉白玉的牌子，上面刻着三行手写体的字母：弗雷德里克·肖邦于1810年2月22日出生在这里（另一说肖邦出生于1809年3月10日，现在的错误源于当年巴拉基耶夫在这里建立的肖邦纪念碑上生卒日期刻错了，以致以后以讹传讹。关于肖邦的生日，一直争论不休）。

实在想象不到肖邦出生在这里，家里还有别的房间，为什么他的母亲非要把他生在这样一个憋屈的角落里？命定一般让肖邦短促的一生难逃命途多舛的阴影。

肖邦只活了39岁，命够短的。在这39年里，只有前9年的时光，肖邦生活在沃拉这里，那应该是他最无忧无虑的时候。以后的岁月里，疾病和情感的折磨，以及在异国他乡的颠沛流离，一直如影子一样苦苦地跟随着他，直至最后无情地夺去他的生命。肖邦传记的权威作家美国人詹姆斯·胡内克，曾经这样描述褪褓中的肖邦："听不到音乐就会哇哇大哭，就像莫扎特儿时对小号的旋律出奇地敏感。"

肖邦的母亲是纯粹的波兰人，富有教养，弹得一手好钢琴，给予他小时候最温暖的爱和最良好的音乐启蒙。据说，乔治·桑最为嫉妒肖邦的母亲，她曾经断言，母亲是肖邦"唯一的爱"，因此而心理一直非常不平衡。

肖邦就是在这里和瑞夫纳老师学习钢琴，那一年，他才6岁。8岁的时候，他登台华沙演奏钢琴，引起轰动，被称为"第二个莫扎特"。瑞夫纳说已经没有什么可再教他的，建议他去华沙。他去了华沙，和华沙音乐学院的院长约瑟夫·埃尔斯纳系统地学习音乐，又是埃尔斯纳建议他去巴黎，他去了巴黎，开创了音乐新的道路。这样两个对于他至关重要的老师，我在他的故居里为什么没有见到他们的照片、画像或其他一些印记呢？也许，是我看得不仔细。

在肖邦故居里迎风遥想肖邦的往事，别有一番滋味在心头。一个那么弱小而疾病缠身的人，竟然可以让整个欧洲为之倾倒，让所有的人对波兰当时一个那么弱小一直被人欺侮的国家与民族刮目相看，该是多么了不起。音乐常常能够超越某些有形的东西而创造历史。

　　走出故居，沿着它的侧门走去，下一个矮矮的台阶，那里草木丛丛，更漂亮而幽静。前面不远就是那条小河，如一袭柔软的绸带，弯弯地缠绕着整个故居，淙淙地流淌着舒缓的音符。忽然，传来一阵钢琴声，听出来了，是肖邦的第一钢琴叙事曲，是从肖邦故居里传出来的。明明知道是从音响唱盘里播放出来的，却还觉得好像是肖邦突然出现故居里，推开了置放钢琴的房间里的那扇窗子，为我们特意演奏。

2003年5月写于北京

来自波希米亚森林

去捷克之前，张洁大姐和国文老师知道我喜欢音乐，都高兴地对我说：到了那里，你可以看看你喜爱的音乐家了！

的确，捷克曾经被称为"欧洲的音乐学院"，它在整个欧洲音乐的地位无与伦比。欧洲著名的"曼海姆乐派"的重要音乐家都来自捷克，而欧洲许多著名的音乐家又都曾经到过捷克，比如贝多芬、莫扎特、李斯特、柏辽兹、瓦格纳、柴可夫斯基……都是灿若星辰的人物。到捷克去，确实能处处和这些音乐家邂逅相逢，时时有可能踩上他们遗落在那里的动人音符。

到捷克，就我个人而言，我最想遇到的是德沃夏克（A. Dvorak，1841—1904），斯美塔那（B. Smetana，1824—1884）和亚纳切克（L. Janacek，1854—1928），三个捷克本土的音乐家。

当然，这三位音乐家中，我尤其感兴趣的是德沃夏克。因为我非常喜欢他的第九交响曲《自新大陆》，特别是第二乐章中那动人的旋律，柔肠绕指，荡气涤心；回旋着对家乡对祖国的思念，刻骨铭心，清澈明净，真是让人百听不厌，有种此曲只可天上闻的感觉。到捷克，别的地方都可以不去，埋在心底的愿望是能去一下尼拉霍柴维斯和维所卡这两个地方。前者是德沃夏克的故乡，他的出生地；后者是德沃夏克晚年生活的美丽村庄，他在那里创作他最有名的歌剧《水仙女》，一直到写完他的最后一部作品《阿尔密达》。

去捷克之前，我曾经写过一篇散文《维所卡的鸽子》。德沃夏克特别爱养鸽子，那是他的情感与他的波希米亚的自然、泥土、家园联系的一种方式。维所卡的鸽子曾经雨点一样落满他的身前身后和他的肩头，便也像是一个个洁白跳跃的音符飞出他的胸膛，渲染在眼前波希米亚的天空。1892年到1895年他在美国其实不过仅仅三年的时间，但他忍受不了这时间和距离对祖国和家乡的双重阻隔。他特别怀念维所卡的那些鸽子，在纽约的中央公园里，有一个很大的鸽子笼，他常常站在笼前痴痴相望而无法排遣乡愁浓郁，禁不住想起维所卡的洁白如雪的鸽子。每逢我想到这些，无论是纽约中央公园的大鸽子笼，还是维所卡的鸽子，眼前浮动着的都是一幅色彩浓重、感人至深的画面。弥漫在德沃夏克心底的实在是一种动人的情怀，让我感动，并让我格外想到维所卡看一看，现在还有没有德沃夏克的鸽子在款款地飞起飞落？翅膀上驮满金子般的阳光，眼睛里辉映着天空的湛蓝……

今年的深秋季节，我终于来到了捷克。一到布拉格，我就问捷克的朋友维所卡和尼拉霍柴维斯这两个地方，问到的每一个捷克人都知道这两个地方，他们高兴地冲我扬起了眉毛，熟悉得就像我们熟悉北京的故宫和天坛一样。也是，德沃夏克是他们的骄傲。

只是在我们活动安排表里没有到这两个地方的日程，大概他们觉得我们是一个作家代表团，时间又紧，他们的经费又实在困难（解体后的捷克作家协会，政府不再拨一分钱），所以安排的都是名胜古迹的参观，或和文学有关的活动，对于他们引以为骄傲并且俯拾皆是的音乐，只好忍痛割爱了。想想尼拉霍柴维斯和维所卡这样两个在我心目中向往已久的地方，近在咫尺，却就要失之交臂，真是无法忍受。我硬着头皮一再提出这两个地方。心诚则灵，感动了捷克作家协会主席安东尼先生，他说那就删去参观一个古城堡，由他亲自开车带我们到尼拉霍柴维斯。我非常感动，要知道安东尼先生已经是个70岁的老人了呀。

尼拉霍柴维斯离布拉格有30公里，那天清早，安东尼先生驾驶着他自己的那辆斯柯达小车（捷克作家协会没有一辆车），向尼拉霍柴维斯驶去的时候，天下着蒙蒙小雨，如丝似缕，沾衣欲湿，空气像我的心情一样的清新。车子一直往北开，路的两旁是一排排的果树，正是苹果收获的季节，个头不大品种有些退化的苹果依然累累地缀满枝头，也有好多落满树下（捷克人不吃路旁苹果树上的苹果，只吃三公里外的苹果，怕被来往汽车的污染），任它们烂掉。还有许多结满鲜红鲜红像是樱桃一样小果子的树，树树抖动着簇簇火焰，跳跃着身穿红裙子的小精灵，跳着芭蕾一样从车窗前一掠而过，又跑到前面等着我们。

离路远些的地方是连绵不断的森林，细雨中森林，几分神秘，几分浪漫，棵棵笔直的树木像是一排排巨大的竖琴，细雨和微风弹拨着它们，散发出的是那种古典氤氲的韵味，遥远而让人感动让人向往。捷克的森林覆盖率高达38%，森林真是美丽至极，秋天尽情地将金黄和彤红的色彩，还有那尚未变色依然浓绿醉人的色彩，散漫交错而恣肆忘情地挥洒在每一棵树的每一片叶子上面，让眼前的森林变得是那样的五彩斑斓，处处移步换景，是一幅幅永不雷同的莫奈的点彩油画、列维斯坦的风景油画，是在捷克书店里见到卖得最多的奥地利著名的画家克里穆特的油画。是油画，绝对不是我们的那种水墨皴染或渲染的大写意式的国画。只能是油画，才能是眼前波希米亚森林这样独有的色彩浓郁、古典淳朴、神秘幽深而又气势浑厚……

德沃夏克的故乡尼拉霍柴维斯，就在前面不远的森林旁边。看到这样辽阔而又分外美丽、壮观而又不失细腻的森林，我也就越发明白了为什么在德沃夏克的音乐里有着那样浓重的捷克民族的气息，而当有人希望他为了适合国外或国际的口味改变一下自己这种气息，他断然加以拒绝；我也就明白了为什么他出版的第一部音乐作品集选择的是《斯拉夫舞曲》。

德沃夏克曾经写过这样一支乐曲：《来自波希米亚的森林》。这是一支钢琴二重奏，1884年的作品，他43岁人到中年的时候。在通向尼拉霍柴维斯他的家乡的路上，望着这片森林，我多少明白了些这支钢琴曲中为什么蕴涵着那样浓得化不开的森林的色彩、呼吸，湿润、清新、和寥廓深邃的意境。波希米亚森林这一切，是德沃夏克成长的背景，是德沃夏克音乐的氛围，是德沃夏克生命的气息。

尼拉霍柴维斯到了。安东尼将车速减弱，指着前面一幢红色屋顶的白色房子告诉我们。然后，他将车打了一个弯，停在了房子的旁边。这就是德沃夏克的故居，是一幢二层的小楼，正建在路边，路的对面如果不是有房子挡着，能看见伏尔塔瓦河从布拉格一直蜿蜒流到这里。我猜想德沃夏克小时候他家的房子一定也是这样正对着一条路，只不过不会是这样平坦的柏油马路。他的父亲是一个当地的屠夫兼开着一个小旅店，旅店总是应该在路边的。

房子的右前方一两百米左右在对面马路的一侧，坐落着的是圣·安琪尔教堂，高大宏伟，气势不凡，正俯视着伏尔塔瓦河。一个小小的乡村，就有这样大的教堂，可见当时这里香火鼎盛，很是兴旺。安东尼·德沃夏克的名字，就是他刚刚落生后在这座教堂里受洗的名字。

房子的旁边一片茵茵的草坪，很是轩豁空阔，几乎连缀着教堂和房子之间的空地，除了中间穿行一条马路，便都是草坪了。虽是深秋季节，草还是那样的绿，绿得有些像是春天茸茸的感觉。刚刚浇了一阵细雨，草尖上顶着透明的雨珠，含泪带啼般楚楚动人。草坪中间矗立着德沃夏克高大的青铜塑像（后来，我知道这是由捷克雕塑家Z. Hosek雕塑，1987年建立在这里的），塑像有两人多高，身穿燕尾服的德沃夏克，右手拿着指挥棒，左手轻轻地按在右手上面，站在青灰色的大理石基座上，准备好的音乐会就要开始，他正在注视着前面的乐队。他的身后草坪紧连着就是五彩斑斓的森林，那是属于他的波希米亚森林。于是，我觉得这座塑像建立得真是个好地方，德沃夏克手持指挥棒就要指挥眼前这一切，茵茵的草坪、伏尔塔瓦河、连同身后无边无际的森林，都是属于他庞大的交响乐队了。飘逸的雨丝中，使得这一切充满诗意，好像都真的活了一样。

难得是四周非常安静，除了我们这几个不速之客，没有一个参观者，便没有了其他旅游景点人流如潮的热闹和喧嚣。我想这实在适合我们，也适合德沃夏克，没有人来打搅我们和他的轻轻的絮语。因为没有人来参观，德沃夏克的故居锁着大门，趁我们和德沃夏克交谈的时候，安东尼先生找到了守门人，是一个极胖的"玛达姆"，她抽烟很凶，倒是很随和，麻利地替我们打开院门。这时，我才发现在房子二楼的两扇窗户中间挂着一块比窗子略小一些的青铜浮雕，是德沃夏克的半身像，那像雕塑得并不精彩，但雕像的上面雕塑着一圈花环，花环中间五个小天使一样可爱的孩子手拿着乐谱天真烂漫地唱歌的样子，让浮雕一下子生机盎然，让德沃夏克一下子返老还童。那五个孩子唱的不是德沃夏克的《摇篮曲》《感恩歌》《赞美诗》，就一定是《妈妈教我唱的歌》。（后来我买了一套明信片中看到了这个浮雕，才知道这是捷克著名的雕塑家F.Hnatek在1913年雕塑挂在这里的，大概那时德沃夏克的故居刚刚开放。）

院子不大，草却茂盛，疯长得几乎没膝，大概很少有人管理。星星点点的小花，五颜六色地撒在草丛中，像一群活泼的萤火虫在草丛中嬉戏地闪动着。草丛中有一块不大也不高青灰色的方大理石（我猜想是不是建外面德沃夏克塑像的基座时用剩下的料），上面立着一个长方形的花盆，里面只开着一朵猩红色的花，花朵很大，张开着喇叭，有些像我们的扶桑。大理石上用金字雕刻着德沃夏克的名字和生卒年月，点缀着小院，似乎童年时的小德沃夏克刚才还在这里跑过。

走进房间，守门的"玛达姆"已经麻利地一手点着一支香烟，一手将录音机打开，问我们听德沃夏克什么曲子？我脱口说："《自新大陆》第二乐章！"大概她未听懂中国话，也不容安东尼先生为我翻译，自作主张已经把一盒磁带放进了录音机中，音乐立刻响了起来，是《斯拉夫舞曲》中的一首。不管怎么说，是一个好主意，也是一个好的传统，在整个参观过程中，都有德沃夏克的音乐陪伴着，德沃夏克便好像一直在我们的身边了。

房间挺大的，当时一间间是有墙有门隔开的，现在已经打通了，但还能看出每一个房间的格局。走进第一个房间，安东尼先生告诉我们，德沃夏克当年就是在这里出生的。这里现在还保存着当年的一些家具，包括德沃夏克儿时的床。

除了这一间还保留着德沃夏克儿时的一点气息，其他的房间没有当时的任何东西，只有德沃夏克的塑像、钢琴，和挂在墙上的展览照片了。我弄不清楚当年德沃夏克一家住的房间到底是哪几间。德沃夏克一家当时很穷，他的父亲又杀猪又开着小旅店，一身二任，聊补家用。我猜想既然一楼有德沃夏克落生的房间，这二楼大概是作为旅店的用房，一楼不可能全是他家的住房，按照乡村旅店的习惯，总得留出餐厅和小酒吧的房间，这样一算起来，他家一共有8个孩子（德沃夏克是老大），拥挤的一家住得也就不算宽敞了。遗憾的是这里现在改造得太像展览馆，而故居的特点被淹没得只存留在遥远的回忆里了。

但这里毕竟是德沃夏克的故居。走进一个陌生人的故居，和走进别的房间总是不一样，似乎繁华脱尽、遮掩褪去，能多少走进一个人的内心。德沃夏克在这里一直长到13岁。他一落生下来就在这里听他的父亲弹齐特尔琴，我不知道这是一种什么样的琴，但它对德沃夏克小时候耳濡目染的影响是大的。在这里，德沃夏克还能常常听到来自波希米亚的乡村音乐，那些乡间客人会放肆地用民间粗犷或优美的歌声、琴声把父亲的小旅店的棚顶掀翻。在这里，德沃夏克还能听见离家那样近的圣·安琪尔教堂里传来的庄严而圣洁的教堂音乐。他参加过教堂里的唱诗班，在父亲的小旅店里举行的晚会上，也展示过他的音乐天赋。我想这一切都是播撒在德沃夏克童年心中的音乐种子，必然会在未来的岁月里发芽。而这一切也说明了捷克音乐植根于民间的传统悠久而浑厚，设想一下，连一个杀猪的人都能弹奏一手好琴，音乐确实渗透在这个民族的血液里了。这样一想，在这样肥沃的土壤里生长起来德沃夏克这样的音乐家，就不奇怪；而德沃夏克一生钟情并至死不渝地宣扬自己民族音乐传统，也就不奇怪。

13岁那年，德沃夏克被父亲送到离家很近的小镇兹罗尼茨，不是去学音乐，而是要他秉承父业，学几年杀猪，他过早地挑起了家庭的负担——有点像我们现在的失学儿童。在这里，他遇到了对他一生起了关键作用的人物：一位风琴家兼音乐教师安东尼·李曼（Antonin Liehmann）。是李曼发现了藏在德沃夏克身上的音乐天赋，让他住在自己办的寄宿音乐学校里，让他在教堂的弥撒里唱赞美诗，到自己的乐队里参加演奏，教他学习钢琴、风琴和作曲理论。可以说，这是德沃夏克有生以来第一次得到正规的音乐教育，让他从小旅店里走出来，像小鸡啄破蛋壳，看到一个更广阔的天空，音乐让他爱不释手，欲罢不能。而李曼和我们的孔子一样遵从的是有教无类的思想，他说服了德沃夏克杀猪的父亲，家里再难，砸锅卖铁也要送孩子进布拉格的音乐学校学习。大概世界上所有的父亲都有望子成龙之心，这颗心一被点燃，立刻熊熊燃烧起来不可阻挡。他听从了李曼先生的话，在他最艰苦的情况下，送德沃夏克进了布拉格风琴学校学习。那一年，德沃夏克16岁。他在这所学校学习了两年，毕业成绩名列全校第二。在他的故居里展览着毕业那年老师送给他的祷告书。

在他的故居里，我首先看见了教师李曼先生和兹罗尼茨小镇的照片，还有小镇上李曼的音乐寄宿学校的照片。那是一个巴洛克风格的建筑，不大，红顶黄墙白窗，屋外立着德沃夏克不大的半身胸像。德沃夏克就是从这里走向世界的，李曼是他的第一个引路人。如果没有李曼，他或许依然喜爱音乐并钟情音乐，但他很可能和他的父亲一样，只是一个会弹奏齐特尔琴的杀猪的乡村屠夫。

德沃夏克对李曼和兹罗尼茨一直充满感情。后来在他24岁那一年特意创作了第一交响乐《兹罗尼茨的钟声》，表达了他的这种深深的怀念。据说，兹罗尼茨不大，教堂晚祷的钟声可以在整个小镇清澈地回荡，那时他天天能够听到，伴他度过了贫寒却始终有音乐陪伴的那三年少年生活。在他的故居，也能看到兹罗尼茨教堂的照片，也是巴洛克的风格，红顶黄墙白窗，只不过教堂顶上多了绿色的钟楼，那悠扬的钟声就是从那里传到德沃夏克的心中。

在德沃夏克的故居里，还有一封父亲听到他在美国创作并演出的《自新大陆》消息后写给他的一封信，大概是在别处德沃夏克纪念馆中没有的。只有在这里，才越发让人感受得到一个父亲对儿子的深厚感情，那种亲情浓郁的气息和父亲身上的杀猪气味，一起在房间里弥漫，至今未散。安东尼先生指着这封信笑着告诉我们，信里错别字满篇，但他却写了满满一大篇，寄往了美国。这是1894年的事情了，就在这一年，他带着对儿子的欣慰和骄傲离开了人世。这种父子感情只有在故居中才能感受到，并在这些极其细小的地方表现出来，让人感动，仿佛一切都刚刚发生，就在这个熟悉的房间里。

在故居里，我还看到了德沃夏克为了申请奥地利清寒的天才艺术家的国家奖学金，而送给勃拉姆斯的第一部作品《圣母悼歌》手稿的复制品；柴可夫斯基送给他的亲笔签名的照片；1893年，他的《自新大陆》在纽约首演的照片和广告招贴画；他的《自新大陆》的手稿复制品；最早发行于1901年他的唱片；他和妻子以及孩子在一起的照片；卡拉扬、奥依斯特拉赫、托斯卡尼尼、罗宾逊……一大批音乐家指挥、演奏、演唱他的作品的照片和各式各样的磁带，以及世界许多国家出版各种文字的德沃夏克的传记；还有1969年阿波罗载人火箭登上月球带着极具象征意义的《自新大陆》的巨幅彩色照片……

我知道勃拉姆斯、柴可夫斯基和德沃夏克之间的友情，尤其是勃拉姆斯，没有勃拉姆斯对他真诚的帮助，他的奥地利国家奖学金不会得到，他的第一部作品不会出版，一句话，他很难走出捷克而被世界所认同。以后，他怀有很深的感情专门写过一个《D小调四重奏》献给勃拉姆斯。我也知道他的妻子安娜·契尔玛柯娃（S.Choti Anmou，1854—1931），布拉格一位金匠的女儿，布拉格歌剧院杰出的女低音。他们是1873年结婚，她陪伴德沃夏克31年，为德沃夏克生了四女二男。她在生活和艺术上对德沃夏克都帮助很大，结婚之后，就是用她教音乐的微薄收入让德沃夏克可以不为柴米油盐烦恼而专心进行音乐创作。她是以自己的牺牲成全了德沃夏克，按我们的说法是"军功章上有你的一半，也有我的一半"。

但是，我最感兴趣的是在这里看到了德沃夏克交给了德国出版商西姆洛克的《斯拉夫舞曲》的手稿，当然是复制品。即使是复制品，也很重要，因为这是德沃夏克出版的第一部作品。以后，他的相当多的作品都是由西姆洛克出版的，他和西姆洛克结下了很好的友情。德沃夏克是一个很念旧、重感情的人。他却和西姆洛克发生过争执。就是这次争执，让我对德沃夏克格外敬重。那是1885年，这时候德沃夏克已经在欧洲声名大振，这一年4月22日，他亲自在伦敦指挥首演了他的《D小调交响乐》，获得很大成功。这一年，西姆洛克准备出版这一交响乐时，提出要求德沃夏克签名要用德语书写，德沃夏克希望用捷文书写，西姆洛克坚决不同意，而且讽刺了德沃夏克。我不知道当时西姆洛克都讽刺了一些什么，猜想是要国际接轨不要抱着捷克这样小的国家不放这样大国沙文主义的态度吧？德沃夏克当时极为生气对西姆洛克说："我只想告诉你一点，一个艺术家也有他自己的祖国，他应该坚定地忠于自己的祖国，并热爱自己的祖国。"

当然，这只是一个签名（后来有人揶揄说他"甚至对上帝说话也只是用捷克语"），德沃夏克的音乐始终保持着强烈的民族传统。他并不拒绝国外优秀的东西，但那只是为我所用，他不会让那些别人东西吞噬了自己，把自己改造成一个改良的外国品种。他觉得捷克本民族的音乐足以有这样强大的力量去征服世界，他希望以自己的音乐让世界认识的不仅是自己个人而是整个捷克虽小却美丽丰富的民族。他的民族主义的观点是纯粹的、坚定的。即使在获得巨大成功的时候，他强调的总是："我是一个捷克的音乐家。"他无法和波希米亚脱节，和那些他从小就熟悉故乡的森林的呼吸、鲜花的芬芳、教堂的钟声、伏尔塔瓦河的水声脱节。他为人的谦和平易，与他对音乐的坚定执拗，是他性格上表现出来的两极。

他一生中曾经多次访问过英国，他在英国的知名度极高。英国朋友请求他为英国写一部以英国为内容的歌剧，他说写可以，但他坚持要写就应该是一部捷克民族的歌剧。他选择了捷克民间叙事诗《鬼的新娘》，最后完成了一部清歌剧，在英国的伯明翰自己指挥演出。

同样，在维也纳，他的朋友著名的音乐批评家汉斯立克劝说他必须写一部不要拘泥于波希米亚题材的而要是奥地利或德国题材的歌剧，才能具有世界性的主题。他希望德沃夏克根据德文脚本写一部歌剧，才能征服挑剔的德国观众。他同时好心地建议德沃夏克最好不要总住在捷克，永久性地住在维也纳对他更为有利。无疑，这些都是对他的一番好意，但他却因此非常痛苦不堪。也许是鱼翔浅底，鹰击长空，各有各的志向，各有各的道路。他无法接受好朋友的这些好意。就在不久以后，他在捷克南方靠近布勃拉姆的维所卡买了一幢别墅，他没有居住到维也纳去，相反大多的时间住在了维所卡。南方的景色和空气比他的家乡尼拉霍柴维斯还要美丽、清新，他喜欢那里的森林、池塘、湖泊，还有他亲手饲养的鸽子。

你能说他局限吗？说他的脚步就是迈不出自己小小的一亩三分地？说他只是青蛙跳不出自家的池塘而无法奔流到海不复还地跃入江海生长成一条蓝鲸？他就是这样无法离开他的波希米亚，他的每一个乐章、每一个旋律、每一个音符，都来自波希米亚，来自那里春天丁香浓郁的花香，来自夏天樱桃成熟的芬芳，来自秋天红了黄了的树叶的韵律，来自冬天冰雪覆盖的伏尔塔瓦河。

正是这种思想和心境的缘故，1892年9月到1895年4月，他应邀到美国任纽约国立音乐学院的院长，在这短短的不到三年时间里，他带着妻子先后将六个孩子都接到了美国，并有一次整个夏天回国探望的假期，他依然像一条鱼无法离开水一样，实在忍受不了时空的煎熬。他频繁给国内的朋友写信，一次次不厌其烦地述说着他在异国他乡举头望明月，低头思故乡的孤独落寞之情，述说着他对家乡尼拉霍柴维斯亲人的思念，对兹罗尼茨钟声的思念，对维所卡银矿的矿工（他一直想以银矿矿工生活为背景写一部歌剧，可惜未能实现）、幽静的池塘（后来这池塘给他创作他最美丽的歌剧《水仙女》以灵感），还有他割舍不断的那一群洁白如雪的鸽子……

　　因此，在美国的聘期刚一结束，美国方面希望挽留他继续聘任，但他还是谢绝了，虽然留在纽约要比在布拉格当教授高出25倍的年薪，他还是迫不及待地带着妻儿老小，立刻启程回国了。"白日放歌须纵酒，青春作伴好还乡。即从巴峡穿巫峡，便下襄阳向洛阳。"

　　他这样讲过："每个人只有一个祖国，正如每个人只有一个母亲一样。"

　　他还这样讲过："一个优美的主题并没有什么了不起，但要抓这个优美的主题加以发展，而把它写成一部伟大的作品，这才是最艰巨的工作，这才是真正的艺术。"

　　这两段话是理解和认识德沃夏克的两把钥匙。听了这段话，我们也就明白了，为什么他在美国能写出《自新大陆》那样动人的作品，尤其是第二乐章，那种"无奈归心，暗随流水到天涯"对祖国对故乡的刻骨铭心的感情，流淌的是那样质朴深厚，荡气回肠，让人听了直想落泪，那是一种深深渗透进灵魂里的旋律。同时，我们也就明白了，所有的艺术作品，为什么都有伟大和渺小之分，而优美并不是伟大，像甜面酱一样腻人的甜美乃至优美是容易的，甜美是到处长满的青草，优美是开放遍野的鲜花，而伟大却只是少数的参天大树。民族、祖国、家乡，美好而崇高的艺术可以超越它们，却永远无法离开它们；艺术家的声名可以如鸟一样飞得再高，艺术家自己也可以如鸟一样飞得再远，但作品的灵魂和韵律却是总要落在就像这片土地上。

我对德沃夏克充满敬仰之情。以一个国土那样窄小、民族那样弱小的音乐家的身份，他用他自己的音乐让全世界认识了自己的国家，这是多么的了不起！

但是非常遗憾，我只去成了他的故乡尼拉霍柴维斯，我是多么想拜访他晚年居住的维所卡村呀，在那里，他写出了他重要的许多作品，其中包括《水仙女》《阿尔密达》和《降B大调四重奏》。但是维所卡在捷克南方，比他的故乡尼拉霍柴维斯要远，我实在不忍心再提出这个要求请安东尼先生开车带我到维所卡。我只好把这个愿望藏在心底。我知道在我的一生中到捷克来的机会是很难再有了。

快出德沃夏克故居的时候，我的遗憾的心才得到小小的补偿。我一眼看见了靠近出门口处有一张照片，下面写着Vysoke。我不认识捷文，但我从字母拼出了"维所卡"，而且我看见了照片上坐在院子里的白色长椅上老年的德沃夏克夫妇的脚下，是一地洁白的鸽子。是的，那是德沃夏克的鸽子，是维所卡的鸽子，是波希米亚的鸽子……

走出故居，德沃夏克的《斯拉夫舞曲》还在悠扬地回荡着，守门的那位"玛达姆"抽着香烟走了过来，她拿来许多纪念品让我们挑选，我买了一块德沃夏克镀银的纪念币，正面是德沃夏克的晚年头像，像的后面衬以乐谱；背面是他故居的房子，房后面是那苍郁的森林。我还买了一把微型的小提琴和德沃夏克的《自新大陆》的ＣＤ唱盘，捷克交响乐团演奏。我虽然早已经有了他的这张唱盘，但这毕竟是来自他的故居。是的，这些都来自他的故居，便也都带有他生命的气息和音乐的旋律，都有了难忘的回忆。

"玛达姆"还拿出一个厚厚的纪念册，让我们每个人写上一句话留念。我看到那上面密密麻麻有来自全世界许多地方的人们的签字。我写上了这样一句话："来自新大陆，来自心灵。"走出德沃夏克故居的院子，看到房后迎面扑来的那五彩斑斓的森林，忽然想起应该再加上一句："来自波希米亚的森林。"

细雨迷离，还在如丝似缕地飘洒，薄雾一样轻轻地缠裹着那样秀丽浓郁的森林。那一刻，所有这一切都像是一股动人的音乐旋律，从眼前升腾，在心底弥漫开来。

1997年11月记于布拉格
1997年12月改毕于北京

到纽约找鲍伯·迪伦

2006年的春天，我从芝加哥来到纽约。其中一个很重要的目的，就是寻找鲍伯·迪伦当年的足迹。那时，我刚刚读完鲍伯·迪伦自己写的传记《Chronicles》（我国翻译为《像一块滚石》，江苏人民出版社2006年1月版）。年轻的鲍伯·迪伦，当年也是从芝加哥来到纽约。这是他第一次来到纽约，自从1959年的春天，他离开家乡北明尼苏达的梅萨比矿山，来到了明尼阿波利斯之后，他还是第一次离开家乡到这么远的地方来，要穿过伊利诺伊州、印第安纳州、俄亥俄州、宾夕法尼亚州，一直向东再向东。只不过，和我来纽约的时间不一样，那是一个冰雪覆盖的冬天。他坐在一辆1957年黑羚羊破车的后座上，昏沉沉地坐了整整一天一夜24小时，一刻没停地来到了纽约。当这辆黑羚羊驶过乔治·华盛顿桥时，他被"砰"的一声甩下车，像货物一样重重地落在了纽约冰冷的雪地上。

在那本传记里，他说："我终于来到了这里，纽约市，这座好像一张复杂得难以理解的大网的城市，我并不想尝试去理解它。"

3月春天的纽约，虽然树木还没有一丝绿意，春寒料峭之中，匆匆行走在曼哈顿大街上的人们，依然还需要穿着厚厚的棉衣，但是，已经不再是鲍伯·迪伦感受的冬天中那种"城市的所有的主干道都被雪盖着"昏暗冰冷的情景了。

站在纽约街头，我在想，鲍伯·迪伦为什么选择在那一年的冬天来纽约呢？哪怕是如我现在一样初春时来，也要好得多呀，起码可以不必为烤火取暖而不被冻死街头去担心，起码可以不必那么着急去那个叫做"问号瓦"的酒吧去打工，没有工钱，每晚只有可怜巴巴的几个零花钱，乞丐一般的勉强糊口度日。也许，他就是专门选择这样一个季节，像励志青年一样，为的就是考验一下自己的意志和决心？

来到纽约的第一天晚上，我来到了时代广场。当它突然出现在我面前的时候，它比我想象的要小。人流如鲫，疯狂的霓虹灯闪烁着，让这里比纽约的任何一个地方都要流光溢彩，喧嚣而沸腾，给我的感觉像是一杯满满腾腾溢出杯口的色彩炫目的鸡尾酒。我不知道此刻的时代广场，和当年是不是一模一样，只知道当年在"问号瓦"酒吧里，听说时代广场上有一个叫做"赫伯特的跳蚤博物馆"的演出地方，鲍伯·迪伦特别渴望跳出狗窝一样的"问号瓦"，能够到那里去唱歌。我不知道他后来找到没有找到那个地方，但那确实是他来到纽约之后第一个向往的地方，他渴望沾一沾那杯鸡尾酒溢出的泡沫的味道。

和孩子在纽约时代广场

第二天的晚上，我来到了格林尼治，"问号瓦"酒吧就在这里，那只是地下室里一间肮脏而潮湿的屋子，却是鲍伯·迪伦在纽约表演生涯开始的地方，他用口琴为人家伴奏。夜色笼罩下的格林尼治，安静异常，除了迷离的街灯梦游一般闪烁，几乎见不到行人。虽然再没有了当年冬天的寒风呼啸，却也再没有了当年的"问号瓦"酒吧。在那间简陋破败的酒吧里，我难以想象，年轻的鲍伯·迪伦朝不保夕，竟然充满着那样的自信，起码在他现在写的自传里，显得是那样的自信："我不是来寻找金钱和爱情。我有很强的意识要踢走那些挡在我路上不切实际的幻想。我的意志坚强得就像一个夹子，不需要任何证明。在这个寒冷黑暗的大都市里我不认识一个人，但这些都会改变——而且会很快。"

他凭什么认为会很快改变自己的命运？我一直奇怪，鲍伯·迪伦的自信是从何而来？是因为时过境迁之后将一切包括心情和事实不自觉地都重新改写？还是仅仅是出自心中对音乐的那一份痴迷，便战胜了一切艰难困苦？也许，是因为年轻的缘故吧，只有年轻，才会将一切痛苦和磨难都化为幸福，让哪怕是丛生的荆棘，也能够编织成鲜花的花环。他就像现在那些居住在我们北京郊区农民房子里或蜷缩在城里楼房地下室里的"北漂一族"一样，让心目中音乐的理想之花开放在一片近乎无望的阴暗潮湿之中。

在鲍伯·迪伦的自传中，有一段他和"煤气灯"酒吧的著名歌手范·容克（Dave Van Ronk）的传奇邂逅，写得很精彩。他极其崇拜范·容克，在来纽约之前，他就听过范·容克的唱片，而且对着唱片一小节一小节地模仿过他的演唱。鲍伯·迪伦曾经这样形容范·容克："他时而咆哮，时而低吟，把布鲁斯变成民谣，又把民谣变成布鲁斯。我喜欢他的风格，他就是这个城市的体现。在格林尼治村，范·容克是

马路之王，这里的最高
统治者。"

那个纽约寒冷的冬
天，鲍伯·迪伦如一
枚被抽打的陀螺，不停
地旋转着在格林尼治村
的几个酒吧里混日子。
有一天，他正在一个叫

鲍伯·迪伦

做"民谣中心"的酒吧里，人高马大的范·容克披着一身雪
花突然走了进来，让鲍伯·迪伦对和他的不期而遇感到异常
的惊异，一时不知该如何是好。他看见范·容克抖落身上的
雪花，摘下手套，指着挂在墙上的一把吉布森吉它要看。就
在他看完并拨弄几下琴弦之后要走的时候，鲍伯·迪伦一步
上前，"把手按在吉它上，同时问他如果要去'煤气灯'工
作，该找谁？……范·容克好奇地看着我，傲慢，没好气地问
我做不做门房？我告诉他，不，我不做，而且他可以死了这条
心，但我可不可以为他演奏点什么？"

他们就这样认识了。那天，鲍伯·迪伦为范·容克演奏
了一曲《当你穷困潦倒的时候没人认识你》。他便从"问号
瓦"走到了"煤气灯"，开始了和范·容克一起演唱的生

涯。他每周可以有60美金的周薪，这是他来纽约之后第一次有了相对稳定的收入。这个坐落在麦克道格街上首屈一指的酒吧，将带着他改变命运。当他第一天晚上去那里演唱，在走向"煤气灯"的半路上，他在布鲁克街一个叫米尔斯的酒馆前停了下来，走进去先喝了点儿酒，镇定一下自己的情绪。"出了米尔斯酒馆，外面的温度大概是零下十度。我呼出的气都要在空气中冻住了。但我一点也不觉得冷。我向那迷人的灯光走去……我走了很长的路到这里，从最底层的地方开始。但现在是命运显现出来的时候了。我觉得它正看着我，而不是别人。"

我猜想，大概从那个零下十度的冬夜开始，纽约对于鲍伯·迪伦不再那样的寒冷，而成为了他自己的纽约了吧？在这以后，纽约即使不是敞开温暖的怀抱拥抱他，起码如同一轴长长的画卷，开始向他舒展着他渴望看到的温馨而能够充满想象的一面，而不再仅仅是冰冷阴暗垃圾簇拥的一面。那时候，他常常一清早就爬起来，跑到城北边的博物馆里，看了他从来没有看到过的那么多画家的名画，从委拉斯凯兹、戈雅、鲁本斯、格列柯，到毕加索、康定斯基、博纳尔和当时的现代派画家雷德·格鲁姆斯。在格林尼治那阴暗潮湿的地下室里，他读了大量的文学作品，还有卢梭的《社会契约

论》、奥维德的《变形记》、马基雅维利的《君主论》、伯
里克利的《理想的民主城邦》、弗洛伊德的《超越快乐原
则》、克劳塞维茨的《战争论》，乃至塔西佗讲演稿和书
信，可谓是儒道杂陈，五花八门。当然，他读的最多的还是
诗歌，拜伦、雪莱、彭斯、费朗罗和爱伦·坡，都成了他的
启蒙。他第一次将爱伦·坡的《钟》谱写成了歌曲，弹奏着
他的吉它演唱，开始了他歌曲新的创作，那种民谣风格融入
丰厚的文学的光彩，如雪花一样晶莹闪烁。风雪交加的纽
约，给了鲍伯·迪伦最初的磨炼和考验的同时，也给了他最
初的艺术营养和积累，让他一点点羽毛丰满，终于有一天箭
在弦上，时刻处于引而待发的状态，饱满的张力，如同一颗
阳光下快要炸裂的种子。

　　在这个时候，他还乘一个半小时的长途汽车，到新泽西
莫里斯镇，爬上山坡上到那个叫做灰石的医院，去看望他所
崇拜的正在病危中上一代的民谣大师伍迪·格思里（Woody
Guthrie）。他给他带去了他最爱抽的罗利牌香烟，他为他演
唱歌曲，每一首都是格思里自己创作的，他用这样的方式向
心目中的大师致敬，也慰藉着病重中的大师。鲍伯·迪伦还
曾经遵照格思里的嘱咐，踩着那时候风雪泥泞的沼泽，特地
到布鲁克林的科尼岛上格思里的家中，寻找格思里未来得及

谱上曲的那一箱子歌词和诗稿。我知道，格思里代表着20世纪50年代，而鲍伯·迪伦则代表着新生的60年代，这是新一代和老一代的交接和告别仪式，意味着50年代的结束和60年代的开始。

可以说，所有以后发生的这一切，纽约的作用不可低估，纽约是鲍伯·迪伦这一起跳最有力量的一块跳板。很难想象，如果鲍伯·迪伦一直还在明尼苏达或者伊利诺伊州，会是什么情景，还会有今天的鲍伯·迪伦吗？纽约并不像鲍伯·迪伦所说的只是"一张复杂得难以理解的大网"，而更像一株盘根错节枝叶参天的大树，让每一只飞翔的鸟都有自己落栖之处，给你磨难，也给你营养，给你眼泪，也给你欢笑，然后送你飞上更广阔的天空。

其实，我在纽约前后只住了短短的三天，但是，根据他写的自传，我还是尽可能找到他在那里面提到过的一些地方。在格林尼治，他最常出没的地方，几乎都能够看到他年轻的身影，即使当年他所演唱的那些酒吧早已经物是而人非，新的地图上勾勒出的是新的地表景观。我也曾到第三和第七大街，那里分别是爱伦·坡和惠特曼的故居，当年，鲍伯·迪伦每一次路过这里的时候，总要对着那窗子投去哀悼的目光，想象着他们在那里写出的并唱出的灵魂深处的真实的声音。那时候，望着他们人去楼空的窗子，他渴望自己像他们一样成功而成名，渴望着自己也能够唱出他们那样至诚至爱的声音。而如今，正如鲍伯·迪伦说的："这个城市像一块未经雕琢的木块，每一名字、形状，也没有好恶。一切总是新的，总在变化。街上的旧人群已经一去不返了。"我只不过是在重复着鲍伯·迪伦的步伐和心情而已。

我没有能够找到赫德逊街和斯普林街，它们应该就在格林尼治附近，但那晚我去的时候，风很大，街上难得见到行人，好不容易看见了人，都是旁边纽约大学的学生，他们不是一脸茫然，就是说的英文我听不懂，人生地不熟，我只好无功而返。

在那两条街间，那时候在一个垃圾桶旁边，曾经有一个小咖啡馆。那个鲍伯·迪伦初来纽约寒冷的冬天，有一天，他走进了这家小咖啡馆。"午餐柜台的女招待穿着一件紧身的山羊皮衬衫。这件衣服勾勒出她优美的身体曲线。她的蓝黑色头发上戴着一块方头巾，有一双有神的蓝眼睛。我希望她能爱上我。她给我倒上冒着热气的咖啡，我转身对着临街的窗，整个城市都在我面前摇晃，我很清楚所有的一切都在哪里，未来没什么可担心的，它已经很近了。"在鲍伯·迪伦的自传里，读到这里，我很感动。也就是那时候，合上了书，我下决心，到纽约的话，一定要找找鲍伯·迪伦当年在这里的轨迹。

3月的纽约，寒冷却生机勃勃，百老汇大街上，人头攒动，到了夜晚，灯红酒绿，更是人的海洋，难怪提起纽约，鲍伯·迪伦总会说它是"世界的首都"。其实，在那个寒冷的冬天里，纽约终于也成了鲍伯·迪伦的首都。从鲍伯·迪伦第一次从芝加哥来到纽约的那个时候算起，将近50年，半个世纪的时光过去了，鲍伯·迪伦已经老了。年轻的鲍伯·迪伦，只和这座城市的记忆和他自己的歌声同在。

我想起前两年，鲍伯·迪伦出现在格莱美、金球奖和奥斯卡奖颁奖晚会上的样子，和他年轻时候的照片对比，你不得不感慨时光的无情，将一个年轻人迅速地雕刻成了一个瘦骨嶙峋的小老头。在电视屏幕上，看到当听到他的名字，所有到场的观众欢腾的情景，让我感到有些奇怪，因为并不是所有的摇滚歌手能够赢得如此值得骄傲的荣誉，他得到了。难道他不应该得到吗？约翰·列侬去世了，世界上只剩下他一人从60年代唱到上一个世纪之末又接着唱到新世纪的到来（2001年，他出版了新的专辑《爱与偷》）。他和他的歌声一起跨越了一个世纪。在万众欢腾瞩目中，2001年，那一年整整60岁的鲍伯·迪伦站起身来走向舞台的时候，镜头上他的脸如核桃皮一样坚硬而皱纹纵横，但我相信里面的仁儿肯定是软的，是香的。

　　鲍伯·迪伦曾经这样说过："民谣在我的脑海里响着，它们总是这么响起。民谣是个地下故事。"这是他对民谣的理解，也是他把民谣当成了一生的艺术生命，才有可能如风相随一般总那样在脑海里响起。想起鲍伯·迪伦，总会想起他唱过的《答案在风中飘》《战争的主人》《上帝在我们这一边》《像滚石一样》《大雨将至》……那一首首脍炙人口的民谣。这些民谣伴随了一代人的成长，走过了近半个世纪，刻进了时代的年轮。歌声真的是有生命的，和人一样渐渐长大，慢慢地变老，而且，比人的生命还要长久，哪怕人的生命结束了，歌声还会在这个世界上荡漾。

　　离开纽约的那天夜晚，我再次来到时代广场，在旁边便道上，见到卖画的一对来自上海的夫妇，他们在卖约翰·列侬头像的铅笔素描，我花了十美金买了一幅，可惜没有卖鲍伯·迪伦的画像，这让我很奇怪，也有些扫兴。在三角广场上，一组歌手正拉开阵势，弹奏着电吉它，演唱着民谣，虽然不是鲍伯·迪伦的风格，也不是鲍伯·迪伦常用的木吉它，却是和鲍伯·迪伦初闯纽约时一样的年龄。纽约的夜空，正如当年接纳鲍伯·迪伦的歌声一样，有些嘈杂，却很激越地回荡着年轻的歌声。

2006年7月于北京

重访草莓园

　　到纽约总要去中央公园，因为那里有约翰·列侬的草莓园。今年是列侬逝世30周年，就更要来了。上次来，是四年前的春天，这一次，是秋天了。人生四季的轮回，叶子绿了又黄，黄了又绿，无论卑微的个人，还是偌大的世界，都在发生着变化，草莓园却依然故我，和四年前见到的没什么两样，就像听他生前唱的那些歌一样，依然动听如昨，没有走音跑调。

　　我爱听列侬的歌，他并不像有些歌手只会咀嚼个人的那些风花雪月的小感情，他那种对于世界的关注，只有鲍伯·迪伦能够和他比肩。他不是那种社论式的大气磅礴，而是他独特的诗人式的关注，完全跳出一般流行歌手的范畴。我们的一般流行歌手有时也唱些这样宏观的歌曲，却只是把它们当做公益歌曲或晚会歌曲来唱唱罢了，那种别人替他们编好的词和曲调，千人一面般的相似，完全可以把这首歌的歌词或旋律同另外一首歌随意置换。列侬不是这样的，他总是能及时而准确地把握住时代的脉搏，唱出他自己的那一份感情，对这个世界做出他独特的发言。

最喜欢的是《想象》（这也是他一盘磁带专辑的名字），在过于现实的生活里，想象早已经被磨钝，锈蚀成了一块铁疙瘩，还有比列侬更能让我们感受到想象能如气球一样载我们飞升进天空的感觉吗？虽然这首歌有些浪漫和乌托邦，但他对世界和平统一的向往，让你无法不感动，感动他的真诚的同时，感慨我们有些歌手的浅薄和贫乏。你会感到列侬一步就迈过了那种浅薄却装点得豪华如同游泳场里的蘑菇池，而走向那样宽阔的水域，立刻有一种潮平两岸阔，风正一帆悬的感觉。

那一连串激流直泻的排比，是他对你我这样普通百姓的直抒胸臆："想象这里没有天堂，这很简单，如果你想试试的话。我们的下面也没有地狱，我们的上面只有天空。想象所有的人民，只为今天的和平生活；想象没有国家，想象没有杀戮，想象没有牺牲，想象没有宗教，这一切并不难做到。想象没有占有没有贪婪没有饥饿四海之内皆兄弟……你可以说我是做梦的人，但我不是唯一的一个，我希望有一天你能加入进来，那么世界就能变成一个。"真的，什么时候听，什么时候都会被感动。

草莓园，并没有草莓，只是一个直径三米多的圆圈，彩砖铺地，一条条放射线铺展开来，很有些动感。圆心中写着IMAGINE，这就是约翰·列侬那首著名歌曲《想象》的名字。

这是当初纽约市政府出资100万美元修建的，近看如一个硕大的花环；远看像一滴垂落的泪珠。如此敬重地对待一位摇滚歌手的城市，让我想起英国的利物浦。10年前利物浦机场改名为约翰·列侬机场，成为了当时的一则新闻，因为用名人的名字命名机场的有不少，用一位摇滚歌手的名字命名，利物浦机场是头一个也是迄今唯一的一个。列侬出生在这座城市，当年是一个失去了父亲又接着失去了母亲的无助孤儿，他组织披头士乐队时，没有地方演出，只好在码头附近的低级小酒馆去卖唱。利物浦用这种方式表达对他的敬意，也表达对他曾经冷漠的歉意。这是一座有文化的城市应有的文化自觉和艺术气质。

秋意正浓，中央公园里的树已经开始变色，色彩缤纷，如同围绕着圆圆的草莓园的那些不同肤色的人。大家像是围绕着正在唱歌的列侬，轻声说着来自世界各地的语言，表达着对他的敬意。这一天，多了一个中国人，在心里对他说，很多中国的歌迷也喜欢你的歌。

禁不住又想起了他的《想象》："想象所有的人民，只为今天的和平生活；想象没有国家，想象没有杀戮，想象没有牺牲……"如今谁来为我们重唱这样动人的歌？

草莓园紧挨着公园出口，从这里抬头向公园出口望去，就可以望到达克塔公寓的高楼，当年列侬就住在那里。推开正对着公园的那扇窗，列侬常常站在那里眺望公园。30年过去了，那扇窗口前再也无法出现他的身影。

草莓园，曾经是列侬家乡利物浦的一块童年梦想之地。那一年，姨妈带着他到那里看演出，是他看到的第一场歌唱演唱会。正是那块草莓园让他迷上了音乐。1967年，他唱了第一首自己创作的《永恒的草莓园》。

他用他的生命和歌声换来了一座如今的草莓园。

2010年10月底写毕于北京

偶遇帕蒂·史密斯

离开美国回国之前，告别晚餐，孩子选择在普林斯顿纳索老街的一家餐馆。那是一家以自制多种口味的啤酒和推崇摇滚音乐而著名的餐馆，二层楼的餐馆不算大，灯光幽暗，人头攒动，像是酒吧。一楼已经没有座位了，被引上二楼，刚上楼梯，看见墙上挂着一排镜框，里面全是摇滚歌手的钢笔画，一眼看见其中一幅像是帕蒂·史密斯，贴近仔细看，果然是她，被画得瘦削却也漂亮了一些。一看就知道，是根据她的第一张专辑《马群》封套上的照片画的，下穿黑色吊带裤，上穿白衬衫，一件黑外衣搭在肩膀上，很潇洒的样子。

我对帕蒂·史密斯一直心怀敬意，十多年前第一次听了她唱的《因为这个夜晚》，便喜欢她的歌，从1975年她在Arista公司里出版的第一张唱片《马群》，到她的《喧嚣与宁静》，一直到2000年她的最后专辑《工合》。我买到她几乎所有的唱片，包括她在Arista公司25周年纪念专辑的DVD里的倾情演绎。

有人说，帕蒂·史密斯的
歌有一种中美洲原始部落祭祀
仪式上所用的音乐元素。也有
人说她的歌愤世嫉俗，歌词晦
涩难懂。这些我不大懂，我只
觉得她嗓音独特又敏感，情感
细腻又奔放不羁，如一茎晚风
里摇曳的曼陀罗、薰衣草或萋
萋的叶芹草。在上个世纪70年
代的摇滚歌坛中，帕蒂·史密
斯的出现，不是惊鸿一瞥，而
具有石破天惊的意义。在男人
主宰的摇滚歌坛中，突然冒出
个她来，不仅嗓音是那样的与
众不同，歌词和音乐也是那样
的别具一格，朋克旋风般的狂
放正好帮助她如虎添翼，让
人们确实感到耳目一新。帕
蒂·史密斯的出现，以女性
的视角和女性的意识以及女性

帕蒂·史密斯

的生命体验，为传统的摇滚注入了新鲜的血液，人们才开始从摇滚中听到了再不仅仅是男人的声音，而终于有了女人的发言，女人对这个世界的态度：控诉、宣泄，乃至信念的表达、宣言的散发。

要说我和帕蒂·史密斯真的有些缘分，今年临来美国之前，看到她的自传《只是孩子》刚在国内翻译出版；而在两年前上一次来美国，看见她的这本自传获得那一年度的美国国家图书奖非小说类大奖的消息。现在，又在这个餐馆里和她不期而遇，仿佛他乡遇故知。

在一个泛娱乐化的时代，艺人出书像是得了传染病似的，你方唱罢我登场，几近泛滥。这不仅已经成为一种时髦，也成为出版商揽钱的一种方式。大众的窥私癖乃至窥阴癖，是这类图书生存的土壤。其实，这类图书的内容最可怀疑，不仅容易把一根稻草描写成一根金灿灿的金条，也容易颠倒阴阳，沦为表扬与自我表扬，成为纸上的另一种化妆表演。当然，那种雇枪手为自己涂脂抹粉的书，就更等而下之了。

但是，凡事不能一概而论，艺人出书，也有卓尔不群，让那些真正的写书人叹为观止，甚至脸红羞怯。帕蒂·史密斯是一个。《只是孩子》不是她的第一本书，早在1977年，她就出版了她的第一部诗集《通天塔》；1999年，她出版了自己的文集，里面收集了她所写的歌词、笔记和思考录。这一年，她还上了《时代周刊》的封面。在摇滚歌手里，她是一位绝无仅有的真正作家，绝非玩票。

在她的这部自传里，记述了她痛苦而艰苦的生活经历。年轻时，和一个大学教授生下了私生子忍痛送人；中年时，丈夫、弟弟、青春期的恋人摄影家，先后去世……她经历了真正悲凉的生离死别，在演唱这样的歌时，歌是从心底流淌而出，而非桃代李僵式的虚情假意。她说过："痛苦流过我的血液，它们将会被找到。"她所说的"找到"，是在她的歌声里找到了。

就像约翰·列侬在一首歌唱的那样："当你感到疼痛的时候，你长大了。"所以，尽管她的歌里有对自己远别的儿子的思念，和对逝去的丈夫的怀恋，幽婉凄迷，意深情长，但她的歌流露出来的不像一般女人那样仅仅是充满怨妇的哀怨，或只会顾影自怜去浅斟低吟，只会唱摇篮曲、催眠曲、怀旧金曲、情歌小调，或晚会歌曲，而是面对残酷的世界投以尖锐和尖利的目光，去质疑笼罩在女性周围的宗教以及社会的种种不公。这是我们的歌手最缺少的，因为我们不少歌手感受不到周围生活的痛苦，被豪华演出服和厚重脂粉遮挡与涂抹的身体乃至脸庞，都已经刀枪不入，麻木得感受不到疼了。在芬芳的鲜花，名目繁多的奖项和红地毯的诱惑下，在闹哄哄的选秀导师、甜腻腻的八卦热捧和沉甸甸的钞票面前，他们马不停蹄正忙于举办各种演唱会，赶在年末年初之间收账。

或许在于我们的歌手缺少帕蒂·史密斯独具的文学素养。她喜欢兰波、金斯伯格和威廉姆·巴勒斯。她不是那种拿文学来装点门面的人，她是将诗和音乐当成自己生命的人，她说在生活中除了音乐就是写诗能给她快乐了。她曾经这样写道："我不认为写作是一种安静壁橱式的行为，我认为写作是真正的体力活。当我在家里用打字机写东西时，我会疯狂，我会像猴子一样不停地动，全身的汗水会把自己弄湿。"这样对于文学至诚的热爱，这样的文学素养能力，实在让我敬重。

告别普林斯顿那家餐馆的时候，我将挂在墙上的那幅钢笔画拍照了下来。回家后，我比照着画了好几次，却怎么也画不像。前些天，我又找出《马群》那盘磁带，照着封套上的那张照片画了好几次，还是不像。黑色吊带裤，白衬衫，黑外衣搭在肩膀上……都对，就是不像。我有些气恼，但静下来想想，心里也平静了。那张帕蒂·史密斯一生最精彩的照片，是她青春期的恋人为她特意拍照的。那是一个叫梅普尔索普的摄影家。镜头连着心头。

2012年11月20日改于北京

阿维尼翁之夏

夏天的阿维尼翁，处处跳跃着金色的阳光，几乎没有一处阴影。即使是橄榄树下，从枝叶间筛下的阳光变成了绿色，依然明亮得照眼。有人说阿维尼翁古语是大风的意思，阿维尼翁也叫做风城，其实应该叫阳光城才是。

阿维尼翁不大，沿着碧绿犹如翡翠的罗讷河，远远地就能够看到教皇宫金色的天使尖顶在阳光下闪亮。著名的圣贝内泽断桥在河中央舒展着挺拔的腰身和倒影，古老的民歌《阿维尼翁桥上》，唱的就是它。它比我们西湖上唱白娘子和许仙的断桥，要宽得多，块头儿也大得多，东西方对于桥的审美标准不一样。

再往前走，就可以看见城堡嵯峨的城墙、拱券的城门和多边形的塔楼，保存完好，而且相当完整。一座中世纪建造起来的古城，几百年来的风霜雨雪、战火屠戮，居然没有把它毁坏，一脚踏进去，还像踏进古老的岁月里一样。悠长的小巷、沧桑的老墙、摆满鲜花的阳台、钟声回荡的教堂……

阿维尼翁断桥

似乎仍然定格在古罗马时期，让人感慨再强悍的时光，也抵挡不住石头垒起的古城的力量。

如今的阿维尼翁，已经被联合国定为了世界文化遗产，趋之若鹜而来的外国游客多于本国。这在走进城中心时立刻感受得到，刚才走在小巷里几乎见不到一个人，刚刚拐到城中心的钟楼广场，就看见遍布广场的咖啡座椅和遮阳凉棚，熙熙攘攘的人流，将喧嚣的热浪托浮起阿维尼翁飘飘欲仙欲醉。虽正是中午时分，热辣辣的太阳，并没有减弱人们的游兴。通往教皇宫的路上，挤满了操着各种语言呼朋引伴的红男绿女。

有意思的是阿维尼翁的老楼有许多色彩斑斓的假窗，上面画满了推窗而望的各色人等，艳丽的色彩和夸张的表情，仿佛和游人招手相呼，逗着闷子。有一处阳台上还站着一个身着西装革履一个穿着吊带裙而凭栏远眺的情人白色雕塑，让这座古城一下子充满俏皮的现代气息。据说古时候的阿维尼翁是以各家所开的窗户大小和多少来收税，所以这里越是老楼的窗户越是少，越是小，假窗盛行，成为了阿维尼翁独特的一景。

阿维尼翁阳台的戏剧

还有意思的，正往教皇宫走的路上，迎面撇着腿走来一位卓别林，戴着大礼帽，穿着大皮鞋，嘴上一点仁丹胡，仿佛刚刚从台上或银幕上走

下来。我要上前和他照相，他笑笑摆摆手，说肚子饿了，先
要去吃东西，待会儿见！待会见，我也笑了，说得街里街坊
的，虽很有人情味，阿维尼翁也虽说不大，但待会儿到哪儿
见？望着他撇着腿，身影消失在人群中，心想，他说的是客
气话，还是戏里面的台词？早听说阿维尼翁历来喜爱艺术，
钟情戏剧，每年盛夏七月有个戏剧节，但还没到日子呢，怎
么今天让我赶上了？可以见识一下他们上演的好戏？

也许，如我一样慕名而来的匆匆过客，或从马赛或从里
昂或从戛纳路过此地，挂角一将，阿维尼翁早都见多不怪，
而如刚才见到的卓别林的艺人，也只是我们这里惯常见到的
一种旅游项目而已，感到新奇的，只是我们游人，恍惚之间
有种现实与历史、生活和艺术交错的感觉。斑驳的城墙、
巍峨的教堂、磨凹的石阶、光滑的鹅卵石小径，让眼前的喧
嚣、咖啡飘逸的香味和我们光怪陆离的感觉，不动声色的与
历史产生了间离的效果。

阿维尼翁的教堂很多，当年阿维尼翁的兴建，和罗马帝
国的宗教纷争相关，不止一位声名显赫的教皇曾经居住在这
里。从历史角度而言，称阿维尼翁是宗教之城才对。历史的
变迁，如今这里的教堂依然众多，晨祷和晚祷时满城荡漾着
悠悠的钟声，依然可以遵照当年拉伯雷所说的这里是"欢乐

的钟声之城"。不过，因为我不懂宗教，爬到教皇宫，却没有进去，而是翻过它，沿着两边对称的台阶，爬上了它旁边的一座小山丘。这里别有洞天，格外幽静，绿树如盖，花草繁盛，还有喷泉、池塘、雕塑和长椅，俨然是一个公园。一直走到它的最边上，方才看到它是全城的最高处，脚下就是罗讷河，圣贝内泽断桥一览眼前，正午灿烂的阳光下，映照得波光粼粼，安静而温顺得犹如一匹孔雀蓝的丝绸。中世纪时，它就该是这样子吧？那一刻，真的像是梦回前朝，一下子跌进往昔。忽然想起我们的古代诗人陆放翁的诗句：旧交唯有青山在，壮志皆因老病休。几百年的时光如水长逝，再声名显赫的教皇也好，甚至来过这里的不可一世的塞萨尔·波吉亚和路易十四也罢，都早已经老死病休，灰飞烟灭，唯有青山不老绿水长流的，是这座石头建造起来的古城和断桥。

从山丘上下来，教皇宫前是一片开阔的广场，广场一侧是阿维尼翁最大的剧院，和教皇宫一样石头的建筑，门前哼哈二将似的立着两尊石头的全身雕像，我认不出是谁，猜想应该是两位剧作家吧。广场的对面还有一座相仿的建筑，据说是阿维尼翁的音乐学校。如今的阿维尼翁，确实艺术氛围很浓，或者说很浓的艺术氛围让阿维尼翁拥有更多的人气，和古老历史相得益彰的现代气息。阿维尼翁完成从宗教之城到艺术之城的转化，应该在现代，"二战"之后的复兴。我想，怎么也应该要归功于一个叫维拉尔的法国导演，是他在1947年创办了阿维尼翁戏剧节，每年7月整整一个月的时间，有来自世界各地的剧团云集这里，演出色彩缤纷的各种各样的戏剧。演出有专业和业余之分，专业需要报名，业余则不需要报名，你来了就行，摆场子就可以演。据说，那时候，阿维尼翁所有的教堂、修道院、体育场、学校，乃至一切能够挤出来的空地，都要搭建出舞台来，大大小小，林林总总，让那些戏剧爱好者一显身手，让同样来自世界各地的观众一饱眼福。咫尺之内，必有芳草，清歌俗曲，雅韵狂舞，争奇斗艳，一个月下来，要有几百场演出，天天要热闹到通宵达旦，真正是让戏剧走进民间，实现了古希腊和古罗马时代的戏剧理想。满城好戏连台，在普罗旺斯的熏风之下，在古城月影花影之中，葡萄美酒，俊男靓女，看不尽的南北东西和悲欢离合，燃烧起阿维尼翁最火爆的仲夏夜之梦。

这个广场就是业余演员最好的舞台。广场旁的古剧场就是专业剧团的主会场。两厢打擂，却并行不悖，花开两枝，各有各的人缘。想世界最大的露天舞台，这里应该算是一个了吧？有14世纪的教堂，有沧桑的古城墙，有带花的老窗做背景，有罗马时的明月和星盏做灯光，还有满城敲响的钟声做音响，世界上还有这样韵味十足的剧场吗？

只可惜我来得不是时候，离着7月的戏剧节还有一个来月的时间，一切只能在想象之中了。

不过，来到广场的时候，这里已经围满了一圈观众，虽然没到戏剧节，好戏已经上演了。挤进人群一看，是一个小丑在表演杂要，口中还念念有词，不时逗得观众哈哈大笑。他的身后，靠近教皇宫墙下有了一间黑色和金色相间塑料布搭制的简易小棚，是放道具和换衣服的场所。我想从那里过去，在他的身后照张相，连他和观众都照上。谁知刚刚穿过他的小棚，他背后长着眼，就被他发现了。他正在耍着两把尖刀，立刻转身大步流星向我奔来，伸手做出一个劈刺的夸张动作，我回敬他一个中国功夫，骑马蹲裆，挥臂挡刀。顿时，全场爆笑。我也笑了，他也笑了，我这才看出来，就是我刚才见过的卓别林。

2009年8月于北京

跋

编完这本小书，想起放翁的诗句：少年曾纵千场醉，老境唯存一束书。铅华落尽，年老之后，能够有自己喜欢的一束书可读，再能有自己写的一束书可编，实在是堪以自慰的乐事了。

这是一本关于艺术的小书，上辑为国内，下辑为国外，都是关于文学家、音乐家、美术家和其他艺术家的随笔和散文。他们都是我敬重并学习的前辈，我是在他们的滋养下成长起来的，从而使得自己的生活和命运，尽管颠簸，却因他们的陪伴而有了些许的弹性和淡淡的色彩。

在商业化的时代，消费主义泛滥，艺术正在日趋贬值，或屈膝于权力，或谄媚于资本，或玩世于时尚，或附庸于风雅。记得《西方音乐史》的作者唐纳德·杰·格劳特和克劳德·帕利斯卡所说：音乐是"几乎完全超脱具体的物质世界"的"艺术的正规领域"。其实，一切的艺术都属于这样的"正规领域"，这是其他领域望尘莫及的。只有在这样艺术的领域里，还保持着一丝纯正和洁净，这便也是艺术从古至今能够存在的价值与意义。我始终认为，艺术是一种境界，是通往心灵的深处，滋润我们心灵，救赎我们人生，抗衡现实世界的一条必不可少的路径。

因此，非常感谢此套丛书的主编柳鸣九老师给了我这样一个机会，让我把这本书在这个寒冷的年末编好，白雪红炉之中，让我重温艺术曾经带给我的温暖。同时，让我感受到温暖的是，早在1979年和1981年，我在中央戏剧学院读书的时候，就先后买过鸣九老师主编的上下两卷《法国文学史》，其成为我大学期间学习法国文学的教材，获得的教益，至今犹在。为此，在我的这本书出版之际，应该表示我对鸣九老师双重的敬意和谢意。

2013年元旦前夕于北京

本色文丛·散文随笔

（柳鸣九主编　海天出版社出版）

《往事新编》许渊冲 / 著

《信步闲庭》叶廷芳 / 著

《岁月几缕丝》刘再复 / 著

《子在川上》柳鸣九 / 著

《榆斋弦音》张玲 / 著

《飞光暗度》高莽 / 著

《奇异的音乐》屠岸 / 著

《长河流月去无声》蓝英年 / 著

《青灯有味忆儿时》王春瑜／著　　　　《神圣的沉静》刘心武／著

《纸上风雅》李国文／著　　　　《母亲的针线活》何西来／著

《坐看云起时》邵燕祥 / 著

《花之语》肖复兴 / 著

《花朝月夕》谢冕 / 著

《无用是本心》潘向黎 / 著

本色文丛

　　本色文丛是我社策划的系列图书，持续组稿编辑出版。丛书力图给喜欢品味散文随笔、全民阅读与图书文化、名人日记与学术札记、海外文化的人士，提供良书与逸品。

本色文丛·散文随笔（柳鸣九主编）

《青灯有味忆儿时》	王春瑜著	28.00元
《神圣的沉静》	刘心武著	30.00元
《纸上风雅》	李国文著	30.00元
《母亲的针线活》	何西来著	28.00元
《坐看云起时》	邵燕祥著	28.00元
《花之语》	肖复兴著	30.00元
《花朝月夕》	谢 冕著	28.00元
《无用是本心》	潘向黎著	28.00元

本色文丛·日记（于晓明主编）

《读博日记》	张洪兴著	31.00元
《问学日记》	王先霈著	26.00元
《文坛风云录》	胡世宗著	29.00元
《原本是书生》	于晓明著	32.00元
《紫骝斋日记》	马 斯著	31.00元
《梦里潮音》	鲁枢元著	31.00元
《行旅纪闻》	凌鼎年著	即将出版

《域外，好书谭》　　　郭英剑著　　　即将出版

《斯文在兹》　　　　　吴　晞著　　　　即将出版

《文学赏心录》　　　　杨　义著　　　　即将出版

《文学哲思录》　　　　杨　义著　　　　即将出版

本色文丛·海外文化

《半岛之半：居韩一年散记》

　　　　　　　　　　　许　结著　　　　30.00元

《西行漫笔：一个远足者的异国寻觅》

　　　　　　　　　　　王兰仲著　　　　29.00元

《哈佛周记》（暂名）　郭英剑著　　　　即将出版